Zu diesem Buch

Der Titel dieses Buches mag manchem Leser in seiner Jugend als Stoßseufzer entfahren sein. Schüler Nietnagel packt aus. Seine spitzbübischen Indiskretionen aus einem deutschen Gymnasium sollten manchem Schulmeister – und nicht nur ihm – zu denken geben. Keß zieht Nietnagel gegen das hohle Pathos der immer gleichen Schulgedenkfeiern zu Felde, gegen Wandertage «nach Bildungsplan», gegen den frisch-fromm-fröhlich-freien Schulsport, gegen Lehrer, die eine moderne Skulptur für ein neues Turngerät halten. Für Nietnagels Pauker hört die Entwicklung mit dem Ackergaul auf, für den Schüler fängt sie beim Lanz Bulldog an. So etwas führt natürlich zu Meinungsverschiedenheiten, die sich in Nietnagels Zeugnissen als Fünfen niederschlagen. Doch auch die Lehrer kriegen ihren Denkzettel, denn im Aushecken immer neuer Streiche sind die Leistungen des Schülers keineswegs mangelhaft. Bei aller unbekümmerten Frechheit des Untertertianers enthalten seine satirischen Memoiren einen Schuß ernsthafter und ernstzunehmender Kritik an unserem Schulsystem.

Alexander Wolf (Pseudonym) kennt sein Thema aus eigener Erfahrung. Geboren 1926 in Senftenberg/Lausitz, arbeitet er, nach einem philologischen Studium an den Universitäten Marburg und Frankfurt und der Promotion zum Dr. phil., seit 1958 im Schuldienst. Der Studienrat an einem hessischen Gymnasium liest daheim am liebsten Gedichte von Friederike Kempner und betreibt das von ihm selbst ersonnene «Knollballspiel».

Alexander Wolf

Zur Hölle mit den Paukern

Illustriert von Kurt Halbritter

Rowohlt

386.–393. Tausend Juli 1983

Veröffentlicht im Rowohlt Taschenbuch Verlag GmbH,
Reinbek bei Hamburg, September 1966

Umschlagentwurf Jürgen und Cornelia Wulff
Gesetzt aus der Linotype-Aldus-Buchschrift
und der Palatino (D. Stempel AG)
Gesamtherstellung Clausen & Bosse, Leck
Printed in Germany
480-ISBN 3 499 10874 7

Sollten einige meiner
Geschichten noch leben =
den Lehrkörpern oder
Kindern ähnlich sehen,
so erkläre ich dieselben
hiermit für rein zufällig.

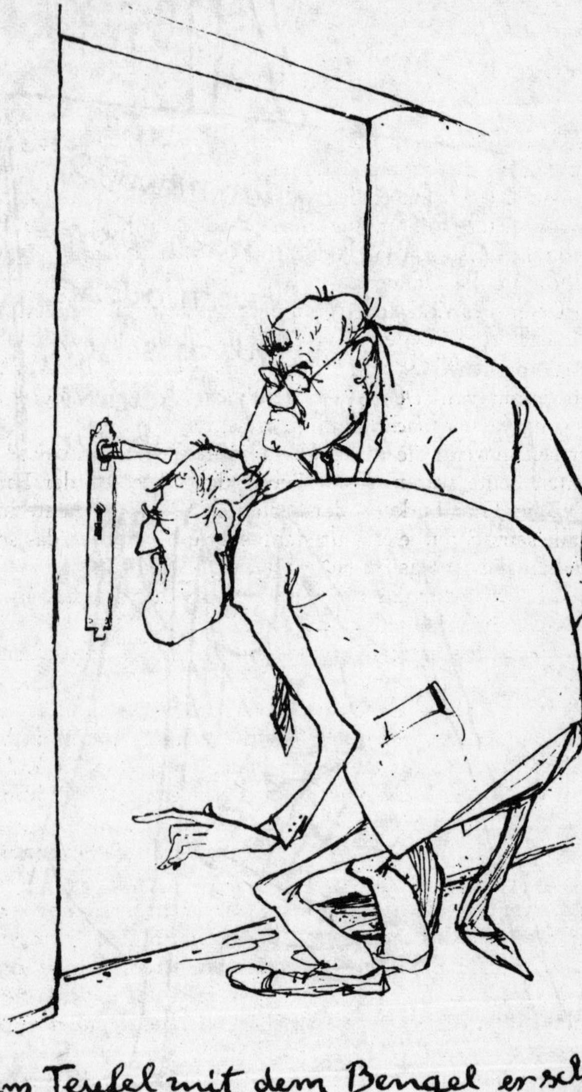

„Zum Teufel mit dem Bengel er schreibt was gegen uns!"

PAUKER OHNE MASKE

Eins ist natürlich klar, wenn die Lehrer herausspionieren, daß ich der Autor von diesen Enthüllungen bin, dann machen sie mich fertig, dann ist es aus. Vielleicht lassen sie mich sowieso hängen. Aber wenn es rauskommt, wer dieses Buch verfaßt hat, dann fliege ich bestimmt. Also darum vorsichtig mit den folgenden Blättern sein. Nicht in die Hände von Haus- oder Schulmeistern fallenlassen! Denn dies sind die Memoiren eines bitteren Schülerlebens. Beim Lesen dieser Zeilen in der Schule vorher Schutzumschlag entfernen und Umschlag von Katechismus oder lieber von Lyrik für Knaben rummachen! Der Lehrer freut sich, wenn einer Lyrik liest, weil es sonst keiner macht. Auch kein Lehrer.

Aber selbst wenn sie mich feuern sollten, wen juckt das? Alle berühmten Leute waren in der Penne der Schrecken der Pauker. Zum Beispiel Graf Luckner, der Seeteufel. Wenn der heute in der Stadthalle seine Streiche erzählt, dann sagt unser Lehrer, das schaut euch mal an, das ist was für euch Jungens. Na also.

Aber ich will mehr, als nur ein Telefonbuch zerreißen. Es muß endlich mal einer kommen und sich hinsetzen und mit seinem eigenen Herzblut schreiben, wie es wirklich in der Schule und mit den Paukern ist, z. B. beim Turnen, oder wenn der Alte eine Rede hält. Ich will ja nichts als die nackte Wahrheit aufschreiben. Z. B. wie man heutzutage einen guten Streich macht. Es muß endlich mal einer aufstehen und auf den Tisch haun und hinter die Kulissen leuchten. Damit die Menschheit erfährt, wie es in der Wirklichkeit zugeht, z. B. in einer Deutschstunde. Nicht daß ich die ganzen Lehrer mies machen will; es gibt dufte Leute dazwischen, natürlich auch fiese Knacker.

Wenn unser Lateinlehrer vor der Klasse steht, dann äugt er uns ganz trocken an, daß man meint, er will durch uns durchgucken und sagt, er muß unseren Charakter studieren, das gehört zu seinem Beruf. Aber ich drehe den Spieß jetzt um und schaue mal durch ihn hindurch. Und schreibe alles auf, wie die alles von uns aufschreiben.

Und wenn sie mich erwischen und ziehen eine große Schau auf zur Abschreckung der anderen, dann soll es mir recht sein, denn dann rühren sie die große Trommel für mich und Hollywood wird auf mich aufmerksam.

Jetzt im Moment, da ich mich auf meiner Bude verbarrikadiert habe mit Tinte und Papier und schreibe in der Einsamkeit meine Enthüllungen auf, da lasse ich die ganze Pädagogenschar vor meinem geistigen Auge vorbeirollen, alle Knacker und Stiere oder wie sie genannt werden, ab und zu ein Kinderschreck dazwischen oder eine Spinatwachtel und auch mal prima Macker...

DER LAUTSPRECHER DES HERRN DIREKTOR

Einmal hieß es, wir kriegen einen neuen Oberstudiendirektor, der Alte geht in die Ruhestellung. Der Alte war dick, aber er ist einem nicht weiter dumm aufgefallen. Kaum daß er mich mal belästigt hat. Er war ganz gemütlich und ging uns meistenteils aus dem Wege. Der Neue schnüffelte aber überall herum und ist ziemlich mager. Im Treppenhaus legt er einem die Hand auf die Schulter und schaut einem ins Auge, als wenn man krank ist und fragt, wie es daheim geht.

Ich antwortete, so lala, was soll ich sonst sagen, soll ich mich vielleicht mit ihm streiten?

Alle zwei Chefs haben ein und dieselbe Unart. Sie stellen sich gern hin und halten eine Ansprache. Der alte Direx stieß dabei laufend lateinische Zitate aus, z. B. mens sana in corpore sano (siehe Kapitel 5), weil er lieber von einem humanistischen Gymnasium Direktor geworden wäre als von einem normalen. Er hat auch eine Tochter bei uns an der Penne, welche er Helena ruft, mit Betonung auf dem «He». Sie sitzt in der Prima und sieht aus, als wenn sie darauf wartet, daß sie einer wegraubt. Aber den Waldheini will ich erst mal sehen.

Der Neue ist modern und sagt, daß die Griechen und die Römer nicht unsere Ideale zu sein brauchen, von denen wir uns eine Scheibe abschneiden können, sondern von Albert Schweitzer. Früher wollte ich auch einmal ein Urwalddoktor werden, aber ich glaube, ich eigne mich besser zum Raketenkonstrukteur. Der Neue weiß nur englische Zitate, z. B. last not least. Er ruft, er will eine moderne Schule aus uns machen, das Alte war gut und schön, aber neues Leben blüht in der Ruine.

Darum sind bald Arbeiter in die Schule gekommen und haben in allen Klassen ein Loch in die Wand geschlagen und da hinein einen Lautsprecher montiert. Nun kann der Chef uns immer erreichen, wenn er will. Er kann in seinem Zimmer stehen bleiben und vor sich hin ins Mikrofon sprechen und man hört ihn überall, ob man will oder nicht. Z. B. ruft er uns zu: «Guten Morgen, frisch und fröhlich ans Werk» und den Spruch des Tages oder wann eine

Feier sein wird oder Fröhliche Weihnachten, je nachdem, in welcher Jahreszeit er ruft.

Das sagt er unten bei sich im Zimmer und bei uns oben kommt es durch den Lautsprecher an. Unterwegs kommt noch ein bißchen Kratzen und Pfeifen dazu, manchmal vergißt er auch den Apparat abzustellen, da kann man hören, wie er auf die Regierung schimpft.

Ich habe mir lange Gedanken über alles gemacht und geguckt, ob ein Stecker in der Nähe vom Lautsprecher ist. Dann bin ich zu Dietrich, warum erkläre ich gleich. Wenn man den jetzigen Alten zum erstenmal reden hört, glaubt man zuerst, er hat einen Tatterich oder Drehwurm. Er macht nämlich ein ganz verkniffenes Gesicht dabei und bewegt es von unten nach schräg oben, als ob er eine Girlande aufhängen will. Immer, wenn er etwas Wichtiges meint, macht er das. Dazu hebt er jedesmal auch seine Stimme. Weil er aber niemals was Unwichtiges sagt, sondern immer nur Wichtiges, fährt seine Nase und seine Stimme andauernd in einer Kurve von links unten nach rechts oben und wieder rückwärts.

Darum bin ich zu Dietrich gegangen, weil der das nachmachen kann wie kein zweiter. Er kann auch Adenauer und Chruschtschow, aber wie er unseren Direx macht, das ist einfach unwahrscheinlich ist das.

legt er einem die Hand auf die Schulter und schaut einem ins Auge, als
wenn man krank ist
und man hört ihn überall ob man will oder nicht
z.B. ruft er uns zu: „Guten Morgen, frisch und fröhlich ans Werk!"

DER PLAN

An unserem Klassenraum läuft ein Betondach entlang, welches man nur von der Straße einsehen kann.

Da drauf sitzt D. mit Mikrofon. Dasselbe hat durchs Fenster Anschluß an den Lautsprecher in unserer Klasse. Die Anlage ist von Munki, alle Schnüre und Leitungen unauffällig.

In einer passenden Stunde hält Dietrich eine Rede an sein Volk. Es wird eine enorme Schau.

Kein Mensch kann abstreiten, daß dieser Plan eine Wolke ist, er war absolut dufte. Trotzdem hatte ich ein blödes Gefühl dabei; ich dachte, es geht zu weit, das mit der Stimme vom Direx. Vielleicht ist es Urkundenfälschung oder Hochstapelei. Aber der Dietrich hat gehöhnt, ob ich ein Schlappohr bin, das kneifen will. Da ging ich hoch und hätte ihm fast einen Knoten ins Rückgrat gemacht. Schließlich – wem seine Idee war es denn?

Deswegen habe ich dann doch mitgemacht, aber der Dietrich hat die Verantwortung.

Die Entscheidung fiel auf Freitag, 2. Stunde, wegen der Arbeit über das Gerundium, und weil in der Stunde vorher Chor ist. Munk schwänzt den Chor und schließt den Lautsprecher fachmännisch an. D. hockt draußen auf dem Beton und macht Sprechprobe. Seine Stimme klingt erst dünn und ganz weit weg und ein Auto hupt dazwischen. Aber dann drückt er sich an die Wand und hält die hohle Hand davor und redet ganz laut genau wie der Alte, daß ich fast ausgelaufen bin vor Lachen.

Dann kommt die Lateinarbeit beim alten Priehl. Wie er die weißen Bogen austeilt, schlägt mein Herz bis hinter die Kniescheiben; falls der Dietrich jetzt nicht spurt oder der Lautsprecher ausfällt, ist die 6 fällig und vielleicht noch mehr.

Aber da knackt es schon im Lautsprecher, es pfeift und rauscht, und der Priehl wirft verzweifelte Blicke an die Decke. Niemand außer mir weiß, wer jetzt spricht, und ich vergesse es fast, als er loslegt:

Achtung-Achtung, knack *es kommt eine Durchsage* Pfeifen. *Ich bitte die verehrten Kollegen um Entschuldigung, aber ich muß* krrchch *die Lehrkörper der Untertertien bitten in dieser Stunde* huiiii *mit ihren Klassen die Bestuhlung der Aula vorzunehmen* pffff *wegen der in der fünften und sechsten Stunde stattfindenden Gedenkfeier* huuup. *Die genannten Klassen begeben sich nun in Ruhe auf den Weg zur Aula. Und nun frisch ans Werk.* Fahrradklingel. *Ende der Durchsage.* Knack.

Jetzt jault natürlich die Meute auf vor Begeisterung und der Priehl kann nix machen und läßt die Bogen unbeschrieben wieder einsammeln. Er zuckt nur mit den Schultern und zieht dann mit uns los; aber er will die Haupttreppe runter, am Chefzimmer vorbei, das ist gefährlich und muß verhindert werden. Darum schlage ich ihm den hinteren Ausgang vor, wo man schneller zur Turnhalle kommt. Es ist ihm recht, es ist ihm alles gleich.

Und dann muß ich Zeit gewinnen, damit Dietrich inzwischen alle Spuren beseitigen kann.

Ich habe einen Einfall und rufe: «Herr Priehl, die U III b ist noch auf ihrem Zimmer, vielleicht ist der Strom ausgefallen und sie haben die Durchsage verpaßt, jetzt müssen wir die ganze Arbeit allein machen.»

Das sieht Herr Priehl ein und geht auf die Tür zu, wo man den Knörzerich hören kann. Bestimmt hat der seiner Klasse gerade erzählt, wie zackig es bei ihm immer zuging, als Herr Priehl anklopft und sagt: «Herr Kollege, wissen Sie denn nicht, daß wir die Aula für die heutige Gedenkfeier bereiten müssen? Und zwar unverzüglich, wie Herr Direktor angedeutet hat.»

Da kommandiert Knörzerich laut «Aufstehen!» und «Antreten!» und ruft Herrn Priehl zu, er versteht es selbst nicht, wie er es hat vergessen können, aber nunmehr schließt er sich uns gleich an. Und dann hört man ihn auf dem Flur befehlen, daß alle Jungens jetzt ruckzuck die Turnhalle für die heutige Helden-Gedenkfeier ausgestalten müssen und daß sich keiner drückt oder feige verzagt.

Und jetzt, wo zwei Klassen auf dem Flur sind, ist keine Ruhe mehr, und auch dem Knörtz sein Haufen grölt wie die Kannibalen und ist überhaupt kein bißchen zackig. Da kriege ich es mit der Angst zu tun, daß der Chef es hört und fragt was los ist. Aber statt dessen geht die Tür von der U III a auf, und Frl. Polhagen steckt ihre Brille raus und fragt den Knörtz ganz spitz, ob der Herr Kollege nicht Disziplin halten kann, wenn er schon auf dem Korridor spazieren gehen muß? Vor der Polle muß man sich in acht nehmen, sie weiß, wo bei jedem seine schwache Stelle ist. Deshalb kann man beim Knörtz sehen, wie er schluckt und gleich zum

„In meinem Terminkalender steht nur:
"3. Rate bezahlen"

Gegenangriff übergehen will. Aber der alte Priehl sagt ganz ruhig dazwischen, daß vielleicht im ganzen ersten Stock das neue Schulradio ausgefallen ist und daß die Polhagen mit ihrem Haufen ebenfalls mitkommen muß, Stühle in die Aula schleppen. Der Knörzerich hat aber ein ganz steifes Gesicht gemacht und meint, er lehnt es ab, daß man sich an einem solchen Tag wie heute streitet.

Ich weiß nicht mehr, wie alles gekommen ist, aber es war sagenhaft, wie das alles von ganz alleine weiterging. Als wir durchs Erdgeschoß und über den Hof ziehen, gehen noch mehr Türen und Fenster auf und schließlich sind fünf oder sechs Klassen dabei, vielleicht die ganze Mittelstufe.

Alle drängeln in die Turnhalle, weil dort die Stühle aufgestellt werden müssen, damit eine Aula daraus wird. Es ist oftmals eine Feier bei uns an der Penne, und die Mittelstufe muß immer die Stühle hinstellen und die Geräte wegräumen. Darum wundert sich vorläufig noch keiner.

Aber wann platzt die Bombe? Es ist ein Gefühl wie vor einer Explosion, die Zündung läuft, aber du weißt nicht wie lange, je länger je lieber, vielleicht daß die 3. Stunde auch noch draufgeht.

In dem Augenblick jedenfalls, als der Oberstudienrat Dr. Taft aus dem Lehrerzimmer über den Hof auf uns zu spurtet, in dem Moment denke ich, das ist das Ende der Zündschnur. Jetzt muß es gleich knallen, und es kommt der große Jux. Der Dietrich steht auch schon hinter mir und haut mich auf die Schulter. Dr. Taft kommt direkt auf mich zu. Was wir hier herrichten? – Wir richten die Aula her. – Wer uns das geheißen hat? – Der Herr Direktor hat uns das geheißen. – Zu welchem Zweck? – Für die Feierstunde in der 5. und 6. Stunde, aber wir wissen nicht, wo das Rednerpult hin soll.

Der Taft scheint auch nicht zu wissen, wo das Rednerpult hin muß, vielleicht zeichnet er dafür nicht verantwortlich. Deshalb ruft er den Priehl, und ich sehe, wie sie beide ihren Taschenkalender herauskramen, scheinbar haben sie es dort aufgeschrieben. Ich mache mich nahe an die zwei heran, weil ich wegen dem Pult noch nichts Genaues gesagt bekommen habe. Den Taft höre ich murmeln, daß er mit Verwaltungskram so überfordert ist, daß er die Feier total verschwitzt hat, und er bittet um Verständnis. In seinem Terminkalender steht nur: 3. Rate bezahlen, von einer Feier oder einem Gedenktag steht rein gar nichts drin, aber vielleicht ist Tag des deutschen Baumes.

Der Priehl sagt nicht viel dazu, nur daß in seinem Buch heute Anastasius und Philibäus von Cäsarea steht. Aber da ist der Taft schon weiter bei der Polle (Tag der Hausmusik) und beim Knörzerich (Heldengedenktag).

Langsam wird es ruhiger auf dem Hof und in der Aula, weil die Stühle alle da stehen und die Lorbeerbäume oben auf der Bühne; ein paar fangen an mit Kastanien zu werfen, aber ich gucke nur, was der Taft vorhat.

Mittlerweile ist schon große Pause, alles schwirrt rum und fragt, was los ist. Der Taft schickt einen älteren Schüler (Wagner, der mir alles wiedererzählt hat) zum Chef. Er läßt höflich anfragen, ob seine Feier in vollem Ausmaß und zur angesagten Zeit ablaufen soll, mit oder ohne Unterstufe? Der Direx war aber wieder mal dabei, drei Telefone gleichzeitig zu bedienen und außerdem 13 Besucher und hat infolgedessen nur zur Tür herausgerufen, wenn er die Feierlichkeit schon anberaumt hat, dann wird sie auch ausgeführt, ob das nicht eine Selbstverständlichkeit ist, und man soll ihn mit überflüssigen Fragen verschonen, wenn es möglich ist; das Ministerium ist am Apparat und die Arbeit wächst ihm über dem Kopf zusammen.

Ein anderer Schüler hat zum Musikpauker rennen müssen und fragen, ob der Chor zur Feier steht? «Der Chor steht immer», sagt der Minkwitz, «und das Orchester sitzt», ob es ein Händel sein soll oder ein Mozart und er hat gerade eine Auswahl Hymnen parat.

Unterdessen läßt der Taft (stellv. Chef) die ganzen Stuhlreihen wieder umbauen, denn die Feier findet im Freien ohne Unterstufe statt, im Halbkreis um die Ehrenlinde.

In der Turnhalle befehligt jetzt der Knörtz den Stuhl-Umbau. Er hat eine eigene Theorie, wie man Stühle tragen muß, und zwar pro Kopf ein Stuhl auf demselben. Das gibt eine hervorragende Körperhaltung und ist pädagogisch wertvoll.

Aber draußen auf dem Hof befiehlt der Taft, und zwar muß man bei ihm immer zwei Stühle mit der Sitzfläche aufeinander vor dem Bauch transportieren. Das gibt erstens die doppelte Arbeitsleistung und zweitens geht das Ganze noch einmal so schnell, und darauf kommt es ihm als Verwaltungsoberstudienrat im Augenblick an.

Das sollen wir dem Herrn Knörtz klarmachen, damit es keine Mißverständnisse gibt. Der Knörzerich war richtig beleidigt und hat gesagt, dann sollen wir gefälligst unsere Stühle alleine tragen.

Was sollten wir machen, wir haben einen Kompromiß gemacht, und zwar trägt jeder nur einen Stuhl, aber den dafür vor dem Bauch, das ist Demokratie.

So ging auch die 3. Stunde und ein bißchen von der 4. drauf, und ich wußte, daß der Krach erst bei der Feier kommen muß und hatte Herzklopfen.

Wir durften uns halbrund um die Linde setzen, und wer im Chor war, mußte sich an den Baum stellen. Als alle da waren und die Lehrer in der ersten Reihe, fing der Chor an zu singen, dreistimmig mit Mecki auf rechts außen und Grendel halb links. Dann sang der Chor gleich nochmal, weil sie immer erst beim 2. Mal richtig warmgelaufen sind.

Man hat dem Taft genau angesehen, wie er aufgeregt war und immer zurück guckte, ob der Chef noch nicht kommen wollte oder ob der Ministerpräsident noch in der Leitung war. Ich dachte, vielleicht kommt er überhaupt nicht, dann gibt es auch keinen Krach und alles ist umsonst gewesen.

Plötzlich steht der Taft auf und hält eine Rede. Ich war so flatterig an dem Tag, daß ich noch weniger behalten konnte, als bei einer richtigen Feier. Ich glaube, er rief, wir sollen immer daran denken und uns immer darauf besinnen, gerade in der heutigen

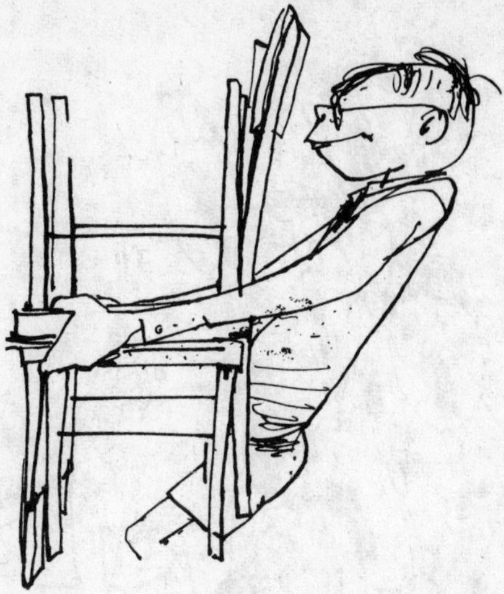

Zeit sollen wir dankbar sein für alles, was auf uns zu kommt und das Alte mit dem Neuen verbinden. Darum will er auch gerade heute keine großen Worte machen und sich kurz fassen, weil in der Kürze die Würze liegt, wie es der deutsche Volksmund treffend sagt.

Mehr weiß ich nicht mehr und es kam auch gleich ein Gedicht hinterher, damit man sehen konnte, es war eine ganz normale Feier und wir mußten gemeinsam das Lied Nr. sowieso singen.

Da kam plötzlich der Chef mitten ins Lied hereingeschneit, daß mir das Liederbuch aus der Hand fiel. Er ging schnurstracks auf den Baum zu. Was passiert jetzt?

Nix passiert. Der Chef hält auch noch eine zusätzliche Ansprache und peilt heftig schräg nach oben ins Laub. Er freut sich, daß er uns hier alle zusammen in der besinnlichen Runde erblickt. Was man auch immer gerade feiert, so wie wir jetzt gerade hier, das Wichtigste ist immer die Besinnung. Die dürfen wir nicht verlieren, und wenn wir auch manchmal im Trubel untergehen in unserer aufgeregten Managerzeit. Deswegen sollen wir jetzt mal aufstehen und uns fünf Minuten ganz stille auf die Werte besinnen und in uns hineinhorchen, weil das am allerwichtigsten ist...

Ich habe in mich reingehorcht, konnte aber weiter nichts Neues

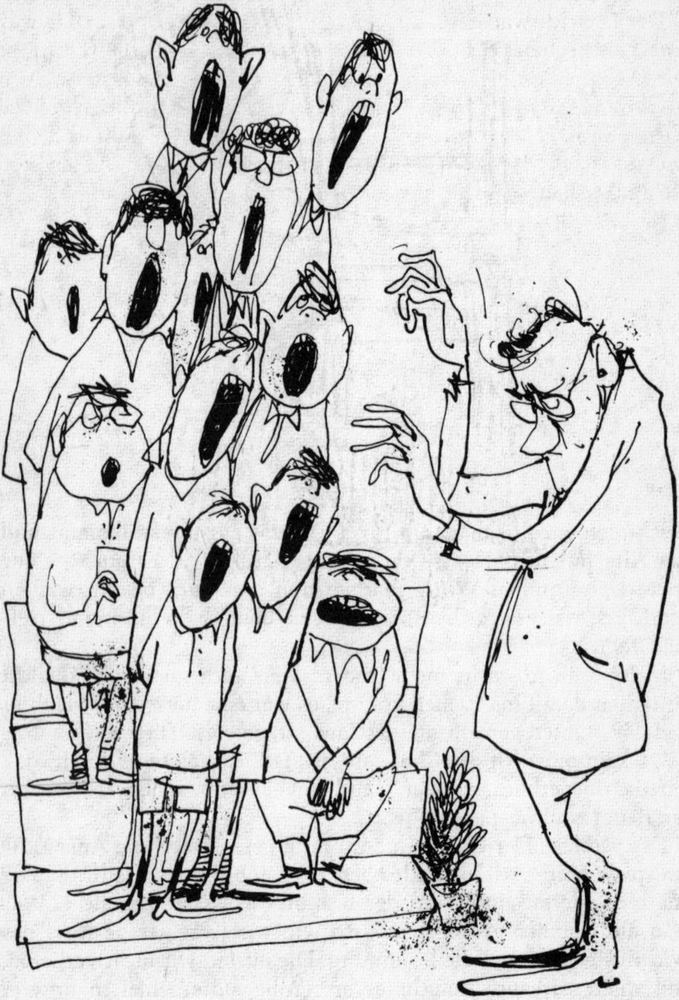

hören. Dann durften wir ganz langsam nach Hause gehen, das heißt natürlich, die keine Stühle zu stapeln brauchten.

Der Dietrich war ganz hin; er sagte, das war einmalig, das war eine ganz seltene Schau, viel besser als ein Knalleffekt, und er wird es im Leben nicht vergessen.

Ich fand es aber überhaupt nicht komisch, warum, es war eine miese normale Feier, die hätte man auch so haben können. Aber heutzutage kann man die ganze Penne auf den Kopf stellen und die Pauker merken es nicht und denken, das muß so sein.

NIETNAGELS GEDENK- UND FEIERTAGS-KOCHBUCH

Meine Mama, wenn die einen Kuchen im Herd stehen hat, muß sie eine bestimmte Hitze einstellen, damit alles richtig gar wird.

Genau so ist es in der Penne: wir Pennäler sind der Braten, und die Pauker wollen uns garschmoren und richtig durchziehen lassen. Natürlich nicht nur das Gehirn und den Verstand, sondern es muß vor allen Dingen auch die Seele mit dem Herz richtig eingeweicht und abgeschmeckt werden. Für diesen Zweck haben sie in der Schule die Feierstunde angerichtet.

Leider gibt es dafür bis auf den heutigen Tag noch nicht einmal ein vernünftig funktionierendes Stimmungsbarometer, wo man die vorgeschriebene Adventstimmung oder die vom Chef anberaumte Freiheitsstimmung wissenschaftlich einwandfrei ablesen kann. Es fehlt auch noch ein zuverlässiger Stimmungsmultimixapparat und ein dazugehöriges Rezeptbuch.

Alle diese Erfindungen entwickelt jedoch zur Zeit Nietnagel und wird sie demnächst zum Patent anmelden. Das Barometer z. B. baut sich skalamäßig gesehen auf der D.G.E. auf (Deutsche Gemüts-Einheit), und wird an die Tränendrüse angeschlossen. Bei 100⁰ D.G.E. fängt die Volksseele an zu zerfließen oder zu kochen, je nach dem individuellen Seelenschmelzpunkt.

Außerdem ist noch mein Nationales Feier- und Gedenktag-Kochbuch im Entstehen. Dieses ist mein ganzer Stolz und wird hiermit der erstaunten Fachwelt preisgegeben. Vor allem darf dieses Buch dem gequälten Lehrkörper ruhig mal eine willkommene Hilfe sein, man kann ja zum Dank dafür ein paar Feiern mehr abhalten, dann fällt vielleicht Latein oder Mathe aus und so hat jeder was davon.

Hier folgen nun ein paar von Nietnagels feierlichen Rezeptvorschlägen für Schule, Amt und Verein:

1. Tag des deutschen Baumes oder Waldes

Festplatz Bismarckeiche. Grüner Anzug, Lodenmantel, Rucksack.

Lesebuch mit geschlossenen Augen durchblättern, bis 7 zählen, mit Bleistift tippen, Lesestück oder Gedicht paßt. Dasselbe mit Liederbuch, bis drei zählen, anfangen zu singen, Chor für 30 Phon Wipfelrauschen einblenden. Sämtliche Holzhackertypen von Untertertia bis Oberprima sich wie gewöhnlich als Axt im Walde aufführen lassen.

Lied: Kein schöner Land ... von vorn bis hinten und solange wiederholen, bis sich bei Dämmerung der original-deutsche Waldesschauer einstellt. Anschließend Waldeslust nach Belieben. Barometerstand 90⁰ D.G.E.

2. Rezept für Ruderbootsweiheveranstaltung

Wimpelknattern und Brustkörbe raus, vorher goldbraun anbraten lassen. Mehrere Weiheansprachen reichlich mit symbolischen Rosinen verkneten, wie Flußgott, Wogenprall, Siegeskranz usw. Rudererherz kurz aber kräftig aufwallen lassen, mit 50 m deutschem Tannengrün garnieren. Hipp-Hipp-Hurra und Gut Sport u. ä. gleichmäßig eintropfen lassen. Am Schluß mit geweihtem Flußwasser abschrecken. Kein schöner Land nach Belieben. Bratwurst und Sinalco.

3. Besinnungsfeier für Tradition und Werte

Vor allen Dingen erst mal Lorbeerbäume. Beethovensymphonien nach Monatszahlen ansetzen, ab Oktober von vorn abzählen.

Schwarzer Anzug, weiße Weste, Orden, feierliches Mienenspiel. Gebet- und Gesangbuch, Konversationslexikon. Redner vom Vorvorjahr hält Rede vom Vorjahr. Katholische und evangelische Festredner, falls gleichzeitig vorhanden, auch gleichzeitig Rücken an Rücken reden lassen.

Barometerstand von 0–150° schwankend.

WIE MAN EIN GEDICHT LIQUIDIERT

Der Dr. Blaumeier war wegen Kreislaufhemmung ein paar Wochen überfällig. Der ihn vertrat, war ein ziemlich alter Knacker, der schon pensioniert war und von Schnorr hieß. Er lief vor der Klasse hin und her und schwang die Arme herum und rief, daß er noch sehr viel Schwung hat. Früher haben die Lehrer überhaupt mehr Schwung gehabt und alles war besser, man brauche nur mal ihn anzuschaun. Wir haben ihn betrachtet, er war eine lange Latte und hager und hatte einen Schmiß.

Er fragte, ob wir schon Gedichte gelernt hätten. Mecki unser Klassensprecher hat sie ihm aufgezählt, aber sie haben ihm nicht gepaßt. Er verzog den Mund und seufzte, es wundert ihn sehr, daß wir so wenig deutsches Dichtgut kennen. Er fragte auch, was für Aufsätze wir schon geschrieben hätten. Mecki hat sie ihm gesagt: Aber er verdrehte die Augen zur Decke und rief, er wundert sich noch viel mehr, weil er aus den Themen ersieht, daß wir noch nicht mal die Probleme der Zeit gelernt hätten.

Ich bin nicht besonders in Deutsch, trotzdem habe ich mich geärgert, weil ich den Blaumeier gut leiden kann. Der Neue wiegte den Kopf und sagte, die Problematik der Zeit kommt auch schon in der Quarta vor. Dabei machte er ganz große Augen. Ich habe mir überlegt, ob man ihm vielleicht Uhu auf den Stuhl tun soll.

Dann mußten wir einen Aufsatz schreiben über «Ackerpferd oder Traktor». Der Aufsatz war ganz leicht; ich habe mir ausgedacht, wie langsam ein müdes PS eine hundert Meter lange Furche entlangzottelt und auch ausgerechnet, wieviel Zeit ein Lanz Bulldog L 305 braucht, dann dividiert durch 5, weil der Bulldog 5 Pflugscharen zieht. Das ist ungefähr 10mal schneller als der Gaul. Der Bauer kann früher heim und kann Freizeitgestaltung machen, z. B. eine Runde Skat. Aber der Ackergaul kann sich auch pensionieren lassen.

Für diesen Aufsatz hat er mir eine 5 gegeben, weil ich das Problem nicht gewußt habe. Bei der Besprechung hielt er mein Heft zur Abschreckung hoch, daß es alle sehen konnten und rief mit dumpfer Stimme: «Das ist die Verführung durch die Technik.» Danach las er einen anderen Aufsatz zum Anspornen vor.

Darin hieß es, daß der brave Ackersmann mit seinem tapferen Freund, dem Ackerroß, bedächtig über die braune Scholle stapft, und daß er Zeit hat zum Philosophieren über das Werden und Vergehen, oder er sagt eine alte Bauernregel vor sich her. Wenn er aber die ratternde Maschine erkennt, dann quillt ihm die Träne in das Auge, weil es der Fluch der Technik ist. Wenn die Kirchturmsglocke ruft, zieht er heimwärts, wo ihn die fleißige Bauersfrau mit einer Tasse warmen Kaffee empfängt.

Der Mecki sagte mir später, daß die Lydia Bürgele diesen Aufsatz aus dem Lesebuch abgeschort hat. Sie hat trotzdem eine 1 gekriegt. Mir hat der Aufsatz nicht gefallen, weil ich nicht vom Lande bin.

Der Oberstudienrat von Schnorr hat ein Hobby gehabt, und zwar das Vortragen von Gedichten. Gedichte machen mir an und für sich nix aus, z. B. Balladen sind nicht undoof. Aber der Schnorr hat eine zu alberne Figur beim Vorlesen gemacht, er hat den Kopf nach hinten verdreht und mit den Augen gerollt. Seine Stimme hat geschnalzt oder wie ein Hirsch geröhrt, je nachdem, daß man Angst kriegte. Für diese Stunden mußte der Grendel ein Schild malen:

Bitte nicht stören. Dies wurde draußen an die Tür gehängt. Einer mußte eine Kerze von der Klassenkasse kaufen, die stand auf dem Pult und die Lydia mußte sie bei manchen Gedichten anstecken. Der Schnorr sagte, wir müssen nach diesem leider verlorenen Krieg erst die feierliche Stimmung wieder lernen. Dabei peilte er mich scharf an, denn ich habe einmal bei einem Dichter mit Vornamen *Maria* einen Witz gemacht, und habe eine Vierstufen-Rakete gezeichnet, weil ein Gedicht «An den Mond» hieß.

Beim Blaumeier darf man bei einem Gedicht nachher sagen, was man darüber denkt. Aber beim Schnorr darf man mit sowas die Atmosphäre nicht stören und muß fünf Minuten ganz still dasitzen, wegen der seelischen Einwirkung.

Da habe ich zu Mecki gesagt, es muß etwas geschehen und es ist uns auch gleich was eingefallen.

Wir haben eine Rolle starken schwarzen Nylonzwirn gekauft, weil man weißen zu schnell sieht. Wenn der Schnorr Gedichte hersagt, muß auf dem Tisch immer eine riesige Blumenvase mit Blumen stehen. Sie steht nahe am Rand auf einem Deckchen. Daran verknoten wir vor der Stunde den doppelten Zwirnsfaden und lassen ihn die Pultwand runterhängen und auf dem Boden bis zu unserer Bank in der 2. Reihe laufen.

Als der Schnorr in die Stunde kam, ließ er gleich die Kerze anzünden. Sodann verkündigte er, daß er uns ein paar Verse vortragen will, welche uns zeigen, wie es in einem Heldenjüngling zugeht. Es war wieder der Dichter, der Maria hieß. Gott sei Dank, daß meine Mutti nicht auf die Schnapsidee gekommen ist, mich Erna oder Paula zu taufen. Ich hätte mich geschämt und nicht noch damit geprahlt. Die Vase war fast ½ Meter hoch und aus Porzellan, mit Zweigen drin.

Zuerst dachte ich, das Heldengedicht handelt vielleicht von einem Jungen in einem Raumschiff oder einem Atom-U-Boot, aber es war nur ein Knäblein mit langen Haaren. Es steht nachts in einem Fischerkahn und hat sich einen Helm aufgesetzt. Der Wind weht, es regnet, und der Schnorr hat dabei eine feuchte Aussprache gehabt. Jetzt habe ich den Zwirn vorsichtig angezogen, bis die Vase ganz an die Pultkante rutschte, wir wußten aber nicht recht, ob wir schon starten sollten. Das Knäblein hat viele Freunde bei sich, scheinbar wollen sie was erobern. Es ruckt an seinem Helm, weil er ihm zu groß ist. Der Schnorr mustert uns über sein Buch hinweg, ob wir auch alle gerührt sind. Die Vase steht fast bis oben hin voll Wasser. Er säuselt mit der Stimme, weil die Flagge im Winde weht, aber plötzlich schreit er, weil eine Trompete bläst. Da habe ich vor Schreck den Faden durchgezogen, die Vase kippt, fällt, zerplatzt, peng, Wasser spritzt rum, Scherben klirren und die Lydia kreischt. Aus.

Da war es ganz still und verlegen in der Klasse. Der Schnorr hat geguckt, als ob er einen Hammer verschluckt hätte. Das Wasser ist ihm bis an die Knie gespritzt und er mußte das Heldenknäblein wegen nassen Füßen abbrechen.

Später wurde er mißtrauisch, aber er konnte nichts beweisen. Das Deckchen war längst in meiner Tasche. Er hat uns nie verziehen, daß wir ihm die Schau verdorben haben, und wenn er mich sieht, starrt er mich an, als kann er nicht kapieren, daß es mich gibt.

Aber der Mecki sagt, er als Klassensprecher konnte es nicht erlauben, daß der Schnorr seine Festbeleuchtung von der Klassenkasse bezahlen läßt.

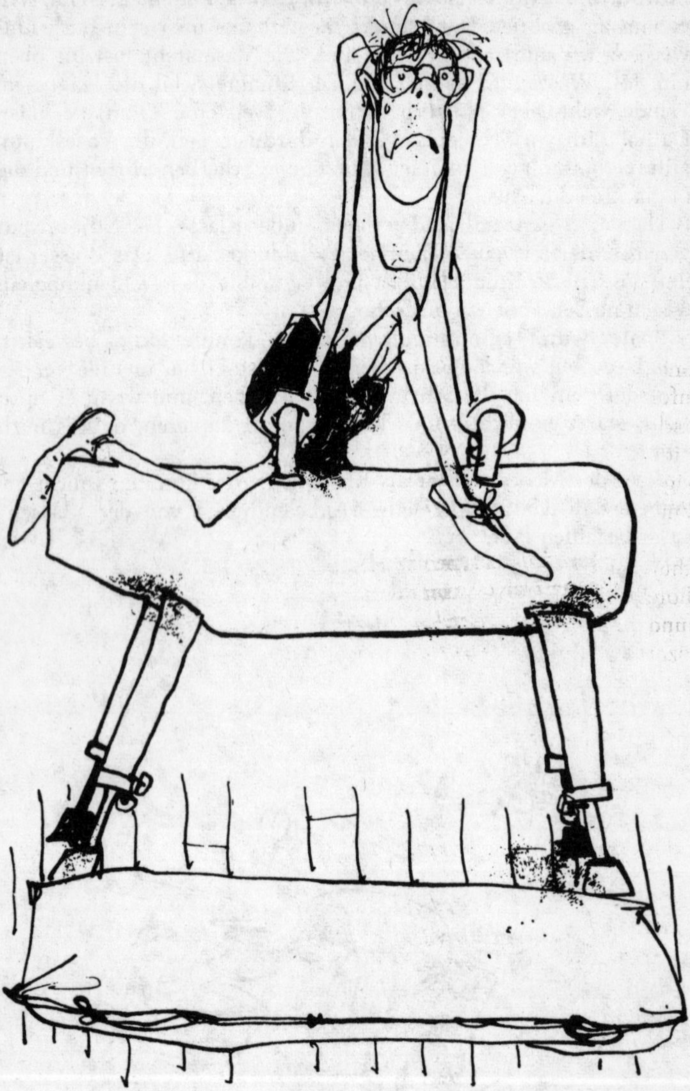

DAS FRÖHLICHE TURNEN

Der Alte will uns weismachen, daß das Turnen ein fröhliches Tun ist. Was die anderen Adjektive anbetrifft, z. B. fromm und frei, so muß man den Religionslehrer fragen. Aber das fröhliche Turnen lehne ich als Gerücht ab.

Vorn rechts in der fröhlichen Turnhalle steht das Reck. Wer hängt an demselben? Ist es nicht Jörgmario Pickler, ein Jammerkloß, genannt Pickel, (Deutsch und Latein 1, mens sana, aha). Er hat auch den besten Aufsatz geschrieben über «Warum ich so gern in die Turnstunde gehe». Es geschieht ihm recht. Denn ich bin jetzt Hilfestellung.

Pickel schaut mich wieder mal so hilfesuchend an mit seinen wässerigen Äuglein. Jetzt mach mal eine Laufkippe, laufen und kippen, nicht umkippen. Pickel läuft mindestens zehnmal an, eine miese Schau. Und das zweimal in der Woche.

Jetzt kippt er endlich, leider aufs Kreuz. Er flennt, ist was? frage ich. Er hat sich die Gräten verstaucht (corpore sano). Das ist es, warum ich so gern in die Turnstunde gehe.

Wo du hinguckst, ist Krampf. Da hängt einer am Klettertau, Ralfbodo, genannt Grendel, und kann nicht mehr. Er glotzt an die Decke. Ob er vielleicht betet? Nein, er ist zu dick. Er hat den Balken im Auge, aber er kommt nicht dran. Ich schaukle eine Weile am Tau. Grendel fällt wie eine faule Birne (Schwerkraft), das Tau flutscht durch die Hände, 90° Celsius.

Wer hockt dort auf dem Barren, fehlt ihm was? Nein, es ist nur Muchow, der Giftzwerg, ganz großer Angeber mit Nietnagel als Hilfestellung. Muchow sinnt über die Fechterflanke nach, je länger, je lieber, denkt Nietnagel.

Ich bin gut als Hilfestellung, vielleicht nicht bei allen beliebt, aber ich habe mich daran gewöhnt.

Muchow sinnt immer noch. Jetzt fängt er an zu zucken. Zuerst mit dem Hinterteil, dann mit dem Rest. Dann sinnt er von vorn. Wenn man mit dem linken Bein glücklich über den rechten Holm kommt, dann hakt das andere absolut sicher. Nietnagel weiß aus Erfahrung, daß Schienbein auf Hartholz einen guten Klang gibt. Außerdem wickelt sich der Körper um den Holm, und vom Gürtel

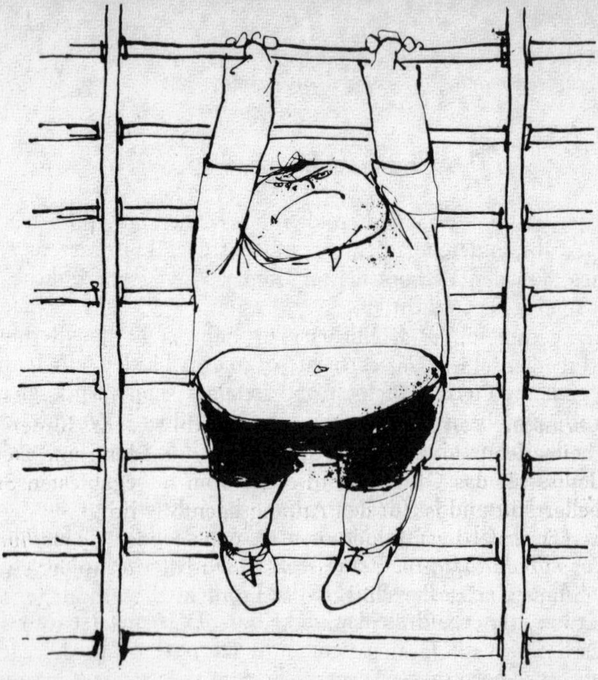

abwärts gibt es viele schmerzliche Stellen. Das alles weiß ich, darum bin ich Hilfestellung.

Muchow zuckt jetzt wieder und pumpt mit dem abgespreizten Arm. Wenn ein Maikäfer pumpt, weiß der Mensch, daß er gleich startet. Bei einem Schüler weiß man es noch lange nicht. (Ich kannte mal einen, der konnte lebendige Maikäfer fressen. Wer das nachmacht, bei mir melden, habe eine große Schau vor.) Deshalb gucke ich zwischendurch zum Klettertau, da hängt Pickel jetzt auf halber Höhe. Pickel pumpt auch, gleich wird er fliegen. Dr. Blaumeier ruft: «Hic rodus, hic salto!»

Da flankt Muchow, Schienbein klingt auf Holm, Körper wickelt sich um denselben und kracht anschließend auf den Eisenfuß.

Warum hast du mich nicht gehalten, jault Muchow. Bezahlt alles die Versicherung, sagt mein Vater immer.

So verbringe ich meine Turnjahre und darf als Hilfestellung jede Menge Stürze miterleben. Es sind immer die Stürze der anderen, aber ich mache trotzdem meine Erfahrungen. Ich habe es langsam in den Blick gekriegt, wann einer, warum einer und wie oft einer stürzt. Und ich habe dabei das Mitleid verlernt.

Aber ich habe meine Erfahrungen ausgewertet, habe sie tabellenmäßig erfaßt und sie in die deutsche Turnersprache übersetzt. Denn jeder Turnpädagoge wird mir recht geben, wenn ich behaupte: Beim deutschen Turnen kann einer nicht nur so einfach hinfallen. Kein Turner stolpert. Da könnte man ja rot werden, wenn man das hört.

Deswegen habe ich mich hingesetzt und habe als erster in Deutschland das Hinfallen turnsprachlich geregelt. Ich unterscheide da zum Beispiel zwischen dem *Praller*, der *Knicke*, dem *Haken* und dem *Staucher* und veröffentliche nun im folgenden ein paar Übungsbeispiele der bekanntesten Sturzfolgen.

Da ist zunächst natürlich *der einfache Schienbeinhaken mit Klemmrutsche* vorlings in die tiefe Bauchlage. Er fördert das Ganzheitserlebnis des Körpers, spannt erst, löst dann und ist auch ein Genuß für das Ohr. Er wird sogar vom unbegabtesten Stürzling beherrscht und ist für den Anfang unentbehrlich.

Am Längspferd ist mindestens so populär der *Quetschpraller mit doppeltem Aufschrei;* angeschlossen wird hier entweder ein stilles Verharren oder der flüchtige Wegfall in die Hocklage. Diese Übung hat ausschließlich stimmbildenden Wert, wir erwähnen sie aber der Vollständigkeit halber.

Anspruchsvoller ist dagegen der *Kreuzaufstaucher mit Anknicke rücklings und halber Drehung* für Stützgeräte. Der Bildungswert

dieser Übung kann sich nur vom hohen Reck her voll auswirken, denn der Stürzling benötigt für seine Kürbewegungen während des Flugsturzes Muße und soll sich auch so einrichten, daß sein Kreuz flachliegend zur Bodenberührung kommt. Dieser Sturz stärkt Mut und Augenmaß, beseitigt Zivilisationsschäden und entwickelt das Gefühl für Schwerkraft.

Da wir einmal am Reck sind, verweise ich gleich noch auf *das freie Auskugeln im Langhang, einfach oder doppelt, mit Umgreife und Auspendeln.* Obwohl kein eigentlicher Sturz, fördert es dennoch das Längenwachstum wie keine zweite Übung. Es ist anatomisch wertvoll und bewegungskonträr zur sog. *Nackenknicke auf der Matte,* scherzhaft auch *Bandscheibenbremse* genannt, die das Wachstum hemmt oder gänzlich zum Stillstand bringt, also wertvoll für Übergrößen.

Dies soll als kleine Anregung genügen. Pauker und Trainer müssen sie methodisch fruchtbar machen.

MAGENBESCHWERDEN

Nix gegen gute Ausreden! Einmal warf mich der Religionslehrer wegen Rülpsen raus, so daß ich vor der Tür rumstand und genau so wenig zu tun hatte wie innen drin die.

Da kam der Taft vorbei und fragte, was ich hätte. Ich sagte, es handelt sich um körperliche Magenbeschwerden.

Da dürfte ich aber doch nicht hier in diesem muffigen Flur herumlungern, sondern auf dem Hof, und tief durchatmen – eins – zwo – drei – vier – Pause – ausatmen – eins – zwei – drei – vier fünf – Pause und wieder von vorn. Gleichzeitig könnte ich ihm einen Gefallen tun und darauf achten, wann das Auto von der Kriegsgräberfürsorge kommt und ihm Bescheid sagen. Ich sagte, ich will es versuchen, so gut es geht.

Da stand ich nun auf dem Hof herum.

In der Zwischenzeit geht die erste Stunde vorbei und die zweite fängt an, aber das Auto war noch nicht da. Dafür kommt Freund Pickel angelaufen, er sucht mich schon im ganzen Haus, ich soll *sofort* in die Klasse kommen und auf der Stelle die englische Klassenarbeit mitschreiben, Fräulein Polhagen ist schon ganz erbost.

Ich sage, was Fräulein Polhagen schon ist, dafür bin ich im Augenblick nicht kompetent, ich mache hier für Herrn Oberstudienrat Taft Freiübungen, die Gesundheit geht schließlich allem vor, ob ich ihm mal so eine Gymnastik vormachen soll?

Da taucht plötzlich der Direktor auf und will wissen, ob wir gerade eine Freistunde haben? Ich sage, wir passen hier auf; auf die Leute von der Kriegsgräberfürsorge passen wir auf, ob sie noch nicht kommen, aber sie kommen noch nicht, ich verstehe es auch nicht, bestimmt haben sie sich verspätet. Der Chef sagt, darauf kann auch der Hausmeister aufpassen, und wozu überhaupt?

Ich sage, es ist Befehl von oben. Da schüttelt er mit dem Kopf und meint, wenn wir nichts Besseres vorhaben, dann sollen wir mal mit ihm mitkommen. Der Pickel will was einwenden, aber ich bin schneller und rufe, etwas Besseres haben wir ganz absolut nicht vor.

Unterwegs klagt der Chef, heute ist wieder der Teufel los, tausendunddrei Leute wollen was von ihm, die Wasserspülung für

Lehrer ist verstopft, er muß auf die Regierung, und die Sekretärin kriegt ein Kind. – Ich sage, da kann ich es gut verstehen, wenn er aufgeregt ist, bei sowas atme ich immer tief durch und zwar eins – zwo – drei – vier – Pause, ausatmen.

Aber der Alte hört mir überhaupt nicht richtig zu. Er spricht, wir sollen hier in seinem Zimmer nur auf das Telefon achten und sagen, daß er abwesend ist, und wenn die Herren und Damen vom Kulturausschuß kommen, dann sollen wir ihnen solange die Räumlichkeiten zeigen wenn sie wollen, bis er wieder da ist. Damit setzt er sich auch schon in Trab und läßt uns allein am Schreibtisch zurück.

Der Pickel kriegt es mit der Angst zu tun und will kneifen, aber ich fahre ihn an, ob er sich mit seinem eigenen Chef überwerfen will? Da sagt er, er will es lieber nicht darauf ankommen lassen und bleibt.

Nicht lange und es läutet das Telefon, was jetzt ...? Ich gehe ran und sage: «Hier Direktorzimmer, wer dort?» Am anderen Ende sagt einer, ich würde dringend auf der Regierung verlangt, warum es solange dauert, sie hätten doch schon mal angerufen? – Ich sage, mal langsam, ein alter Mann ist kein D-Zug, und der Chef müßte schon lange dort sein. – Unerhört. Wie mein Name wäre? – Ich frage, ob das eine Drohung sein soll ..., aber da wird plötzlich die Leitung unterbrochen, und nochmal anzurufen hatte ich keine Lust.

Nach einer Weile kamen dann auch schon die Herren und Damen vom Kulturausschuß. Ich hieß sie im Namen der Direktion herzlich willkommen und zeigte ihnen jeweils die Örtlichkeiten. Aber sie wollten die Örtlichkeiten nicht sehen, sondern den neuen Atomphysikraum oder die Aula.

Der Atombunker war ohne Fenster und ganz dunkel, so daß ein paar von den Damen anfingen zu kichern, als sie reingingen. Darum wollte ich ihnen mal einen Gefallen tun und machte das Licht wieder aus, nachdem ich sie alle drin hatte. Aber weil der Schalter draußen war, mußte ich vorher rausgehen, da fiel die Tür ins Schnappschloß. Draußen hatte ich keinen Schlüssel, dann mußte er wohl innen stecken. Aber innendrin fing der Kulturausschuß an zu rumoren, scheinbar hatten sie auch keinen Schlüssel. Ich konnte das nicht verstehen und schickte den Pickel zum Hausmeister, damit wir sie wieder rauslassen konnten. Aber der Pickel, dieses Schlappohr, kam nicht wieder zurück, er war bestimmt vor Angst in die Stunde gelaufen. Jetzt mußte ich doch tatsächlich selber zum Ploch gehen.

Auf dem Flur trifft mich der Blaumeier. Er erkundigt sich, was ich hier rumzulaufen habe. Ich erzähle es ihm, nämlich daß ich im Auftrag vom Herrn Direktor den Herren und Damen vom Kulturamt den Atomraum erklärt habe. Da lacht er und sagt, wenn ich damit fertig wäre, ob ich ihm dann mal einen Gefallen tun könnte? Ich antworte, ich bleibe nur ungern aus dem Unterricht fern, aber wenn er mich beim Frl. Dr. Meier-Lamprecht entschuldigt, dann will ich natürlich gerne was für ihn tun. Ich war heilfroh, daß ich jetzt erstmal aus der blöden Geschichte mit den Kulturleuten herauskam.

Der Blaumeier sagte, die Entschuldigung erledigt er für mich, ich soll mein Rad nehmen und zur Tonfilmstelle fahren und den Filmstreifen über die Töpferscheibe holen. «Geht in Ordnung», rufe ich und mache mich ab zum Fahrradständer. Ich hatte zwar zur Zeit kein eignes Rad laufen, dafür nahm ich dem Pickel seinen Bock, weil der ja inzwischen den Sicherheitsschlüssel vom Ploch holt – und das konnte ich doch in der kurzen Zeit nicht alles dem Blaumeier verklickern, das war viel zu umständlich, in der Zwischenzeit hätte ich ja längst den Film besorgt gehabt.

Auf dem Weg zu diesem Film fällt mir ein, daß ich überhaupt nicht weiß, wo das ist, wo ich ihn holen soll. Ich frage erst im Ufa nach und danach im Filmpalast und im Odeon, aber die wußten von nix, die hatten alle möglichen Streifen, aber zu verleihen hatten sie keine und schon gar keine über Töpferscheiben. Es muß wohl ein Irrtum vom Blaumeier gewesen sein.

Mittlerweile war die vierte Stunde rum, und ehe ich in die Penne zurückfahre, denke ich, und dort mit der Aufklärung des ganzen Durcheinanders anfange, da fahre ich doch lieber gleich heim, und besinne mich auf meine teuflischen Magenschmerzen.

ALLE LEHRER HABEN ANGST

Daß die Pauker Angst vor uns haben, ist kein Wunder. Der Mensch geht nicht gern allein in den Raubtierkäfig. Natürlich früher, als alles besser war, da kamen die Pauker nicht unbewaffnet in den Käfig. Mein Onkel erzählt, sie hatten einen Stock und hießen Professor. Das war vielleicht gut für ein paar alte Steißtrommler, aber wenn ihr mich fragt, es ist besser so, wie es jetzt ist, wo die Pauker Dampf vor uns haben, als andersrum.

Neulich mußten ich und Mecki ins Lehrerzimmer, eine Vertretung für einen ausgefallenen Lehrer mahnen. Es saßen da drei rum. Als wir kamen, guckten sie aneinander vorbei oder ins Buch, als wenn sie dringend überbeschäftigt sind.

Da ging mir eine Laterne auf, warum: sie wissen, daß wir eine verrufene Meute sind und haben Angst.

Nach einer Weile ließen sie Frl. Schuckeborn mit uns gehen. Sie freut sich auf uns. Sie ist noch jung und hat noch nicht ausgelernt.

Wie sie die Klassentür aufmacht, sieht die Bande, daß es nur die Schuckeborn ist und fängt natürlich furchtbar an zu toben vor Freude; sie ist nur eine Referendarin und kann keine Noten geben und hat eine sehenswürdige Karosserie.

Die ganze Klasse starrt auf sie und grinst.

Die Mädchen gucken auf ihr Kleid und ob sie schon verlobt ist.

Aber sie hat noch keinen Bräutigam. Sie hat eine Laufmasche auf der Wade und ein handgeschmiedetes Kleid und einen Knoten im Haar und Wanderschuhe.

Auf der Hochschule haben sie ihr erzählt, daß alle Kinder Liebe brauchen und die sollen wir jetzt von ihr bekommen. Aber wir haben gar keine Lust. Wir wollen lieber ein Remmidemmi.

Die Schuckeborn macht vorläufig noch ein lustiges Gesicht, daß man denkt, sie versteht einen Spaß. Aber sie fummelt an ihren Knöpfen, ob alle zu sind und schneuzt sich. Plötzlich stolpert sie über eine Tasche; wir schreien Hoppla, da muß sie husten und alle kriegen gleich einen Keuchhusten. Vorn angekommen, grinst sie nicht mehr, sondern macht eine strenge Falte zwischen den Augen.

Sie fragt, wer fehlt?, und Muchow schreit: «Ich, aber ich komme gleich.» Alle lachen wieder, weil ihre Stimme überschnappt.

Das Klassenbuch ist verschwunden, wo kann es nur sein, leider ist es wie weggezaubert. Alle suchen und machen einen Höllen-Radau. Nun fliegt ein Fußball aufs Pult, auf ihr Vorlesebuch drauf. Es heißt *Kinderwelt – fröhliche Welt*, eine Wasserpistole spritzt Tinte.

Jetzt weiß sie, was ihr bevorsteht, sie kriegt einen flackernden Blick ... der Schreck sitzt ihr in den Knochen drin und geht vielleicht in ihrem ganzen Leben nicht wieder raus.

Vielleicht kann das arme Frl. Schuckeborn in der Nacht nicht schlafen. Sie hat einen fürchterlichen Alptraum, z. B. daß ihr 100 Maschen die Strümpfe runter laufen, die Strumpfhalter sind los, hinten gehen die Holzknöpfe auf.

Man sieht die ganze Unterwäsche.

Die Schüler sitzen unter den Tischen.

Sie haben noch nicht gefrühstückt und schnappen nach ihren Waden, bis sie flüchtet und sich in den Lehrerstall zurückzieht, wo sie von den 3 Knackern ausgelacht wird, z. B. von Herrn Knörtz, mit dem sie geht.

Dieser Knörzerich ist der wildeste Schreihals an der ganzen Penne. Er schimpft immer, daß er im Krieg Kompanieführer war

„Sitzen bleiben, wenn ich mit dir spreche!"

und alles war zackig bei ihm. In seinem Haufen hat sich keiner was gewagt, sonst hätte er ihn angespitzt und zur Minna gemacht.

Auf der Stelle hätte er ihn fix und fertig gemacht. Dabei ist der Knörtz ein kleiner Gnom, ein richtiger Vorgartenzwerg. Aber er hat einen Orden bekommen. Wir dagegen sind nur ein Sauhaufen und wie die ersten Menschen.

Der Muchow hat den Kaplan Nogler gefragt, ob es stimmt, was Herr Knörtz sagt, ob das in der Bibel steht, daß die ersten Menschen ein Sauhaufen waren.

Der Knörzerich, wenn er einen anschreit, stellt sich immer ganz dicht vor einen, daß man auf ihn runter gucken muß, und man kann riechen, daß er wieder Knoblauchwurst gegessen hat.

Daran merkt man, daß er auch Angst hat. Täte er uns sonst so anbrüllen?

Vielleicht haben alle Lehrer Angst, jeder auf seine eigne Tour.

Das muß man wissen, dann wird einem gleich viel leichter.

Trotzdem genügt das noch nicht, man muß noch viel mehr wissen. Man muß zum Beispiel wissen, wie man den einzelnen Pauker individuell von Fall zu Fall handhaben kann.

Deswegen kommt so mancher Brief an mich, worin der einfache Schüler von der Straße mich fragt, wie er es machen soll. Hier ist beispielsweise eine Anfrage von dem Schüler Thomas P. vom Hackerbräu-Gymnasium in M., in der es heißt:

«... und können wir die Spinatwachtel absolut nicht davon abbringen, daß sie vor jeder Stunde sämtliche Strophen von ‹Wir lieben die Stürme, die brausenden Wogen› absingen läßt. Dabei hat sie selber eine Stimme wie ein Streifenwagen und wir sind schon Ende Untertertia. Wer hilft uns weiter?»

Da kann ich nur antworten:

Lebt ihr auf dem Mond? Das nächste Mal die erste Strophe rasant mitsingen. Bei einem bestimmten Wort stoppt plötzlich der ganze Haufen auf einmal, kein Mensch singt einen Ton mehr, außer die Alte natürlich. Zuerst merkt sie es gar nicht, und wenn bei ihr der Groschen fällt, ist es zu spät, sie hat schon die Strophe zu Ende gejault, solo und von allen verlassen. Es wird eine phänomenale Schau. Für die ist es ein Gefühl, als wenn sie im Nachthemd auf dem Schulhof steht.

Oftmals sind es natürlich die Mädchen, die sich keinen Rat mehr wissen. Hier ist es Gloria K. vom Privaten St. Klothildenstift für Mittlere Töchter in L.:

«Wir haben in Franz eine Schwester Veronika, die hat einen Spickzetteltick. Sie wittert überall Spickzettel und steckt ihre neugierige Nase rein, wo sie nichts zu suchen hat, in Bonbontüten, Fotos, Wurstbrote, Romane, Liebesbriefe. Nichts ist vor ihr sicher. Sollen wir eine Mausefalle in der Federtasche aufstellen? Sonst ist sie lieb.»

Meine Antwort:

Mausefalle unpraktisch, da meistenteils Eigenbeschädigung. Statt dessen Zeitungsränder abschneiden, sammeln, 5–10 Meter hintereinanderkleben, gleichmäßig auf großer Sicherheitsnadel aufrollen (System Hakle). Das Ganze vorsichtig in Busen feststecken, oben Rand mit frommem Spruch versehen und sichtlich ein Stück heraushängen lassen, ab und zu verstohlen drauflinsen, als ob du spickst. Nun ruhig Blut, wenn Schwester sich nähert, in den Ausschnitt greift und am Zettel zieht. Rolle rollt, wenn gut gewickelt, selbsttätig ab. 10 Meter blanker Zeitungsrand! Volle Wirkung, Nonne garantiert von den Socken. In Zukunft kannst du ohne Belästigung spicken.

gez. Nietnagel

Weitere praktische Ratschläge für individuelle Paukerbehandlung finden sich in anderen Kapiteln dieses Buches.

DAS DING

Einmal mußten wir nachmittags nachsitzen und dem Hausmeister Ploch helfen, da kam ein Lkw und zwei Männer fragten ihn, sie hätten Stückgut für ihn und ob er der Direktor wäre. Der Ploch fragte, um was es sich handelt, und sie sollen ihm die Ladung ins Direktor-Zimmer stellen. Die Männer antworteten, es handelt sich um anderthalb Zentner brutto und wir mußten anfassen, weil es zwei Treppen hinaufging. Oben ließen wir die Kiste auf den Teppich fallen. Wir waren gespannt, was drin war, vielleicht eine Höllenmaschine. Deswegen nahmen wir die Kiste gleich auseinander und warfen die Bretter mit den Nägeln auf den Schreibtisch.

Als wir es fertig ausgepackt hatten, sagte der Hausmeister, es muß ein Irrtum von der Regierung sein und die Männer sollen alles gleich wieder mitnehmen.

Aber die Männer waren schon weg.

Das Ding war über ein Meter hoch und sah je nachdem verschieden aus. Von hier aus wie ein Ei mit Henkeln und von drüben wie eine Darmverschlingung.

Grendel hat zuerst geraten, was es war, nämlich ein überdimensionaler Lymphknoten oder ein Malpiegisches Körperchen für die Biologie. Da hat sich der Ploch geärgert, weil er nix davon versteht und hat gesagt, er ist seit Kaiser Wilhelm Hausmeister, aber sowas hat es früher nicht gegeben.

Jetzt schleppten wir den Lymphknoten in den Sammlungsraum, wo die aufklappbaren Herzen, Lungen, Kehlköpfe und die ganzen anderen Innereien rumstehen. Der Dr. Taft war da und hat gerade sein neues Gehirn gewaschen. Wie er den Knoten sieht, lacht er und sagt, dies ist kein ihm bekanntes Organ und kommt auch seines Wissens in keinem menschlichen Körper vor. Sondern es ist das neue Vielseitigkeits-Klettergerät für die Unterstufe.

Der Hausmeister rief, er hat es gleich gewußt, da mußten wir den Lymphknoten in die kleine Turnhalle bringen.

Am nächsten Morgen wurden wir zum Alten bestellt. Er sah uns ganz starr an und fragte, wo das Standbild wäre?

Wir sagten, es ist in der Kleinen Halle, der Herr Oberstudienrat Taft hat es befohlen.

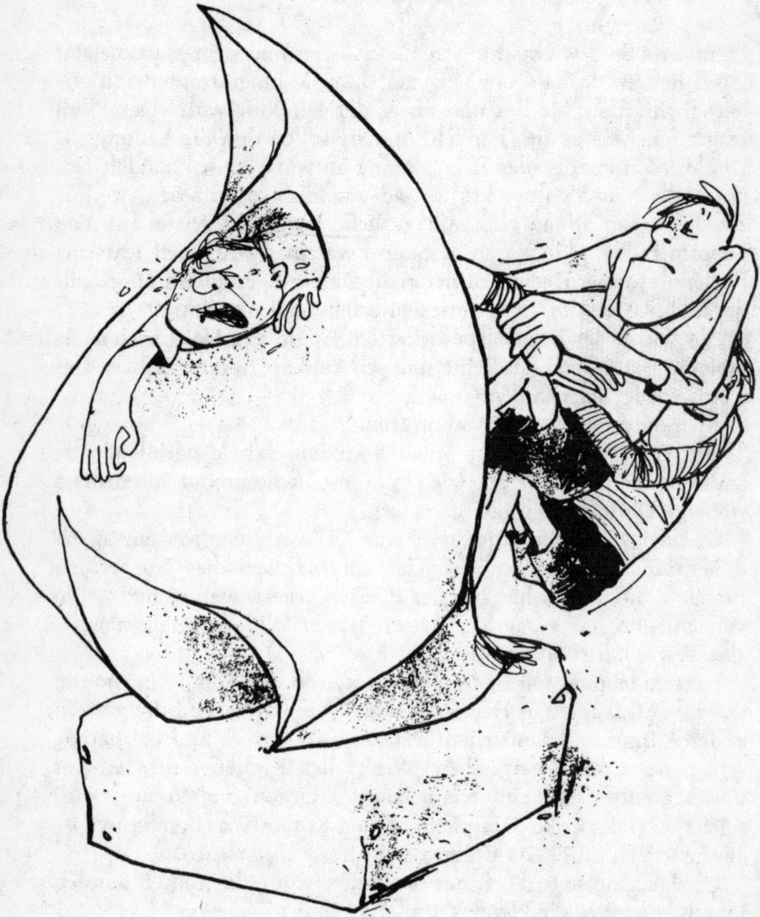

Da rief der Chef, es ist eine Kulturschande, und wir mußten ihm den Weg in die Kleine Halle zeigen.

Dort ließ gerade der Knörzerich die Kleinen klettern und schrie, hier haben wir ein natürliches Hindernis, wie wir es immer wieder in der Natur antreffen, und es muß im geschlossenen Sprung genommen werden.

Da spurtet die ganze Meute los und zwängt sich durch die Henkel und Löcher oder im Mutsprung drüber weg.

Der Knörtz strahlt und macht dem Chef Meldung. Aber der bleibt ganz stumm und bleich und starrt auf das Ding, so daß sich die Sextaner verdrücken – außer einem, ein dicker, der steckt in einem Loch drin und geht nicht mehr raus. Er soll verschwinden, deswegen zerren ihn ein paar an den Füßen und ein paar am Kopf, aber der Dicke heult jämmerlich und geht nicht raus.

Ich sage, man muß das Standbild mit Seife einschmieren, aber der Direx brüllt uns an, daß es eine Entweihung ist und im ganzen Abendland noch nicht vorgekommen. Ob man von einem höheren Beamten nicht verlangen kann, daß er ein Kunstwerk von einer Kletterstange unterscheidet, und er soll auf der Stelle den Knaben aus der Statue entfernen.

Da fing der Dicke wieder an zu wimmern.

Der Chef rief, es ist das Werk von einem stadtbekannten Künstler und er steht ihm persönlich nahe. Er hat es zum Einkaufspreis bekommen und es sollte eine Überraschung sein. Aber wir sind es nicht würdig.

Da fing der Dicke wieder an zu winseln, deshalb haben sie ihn in dem Standbild gewendet, da ging er endlich raus.

Nach einer Woche stand der Apparat vor der Aula auf einem Sockel, und die Großen kriegten ihn erklärt. Es ist eine wertvolle Plastik, darum muß der Hausmeister aufpassen, daß wir sie nicht mit den Händen befummeln oder drauf rumschmieren.

Aber ich habe mir schon die Stelle ausgesucht, wo ich meinen Namen hinschreibe.

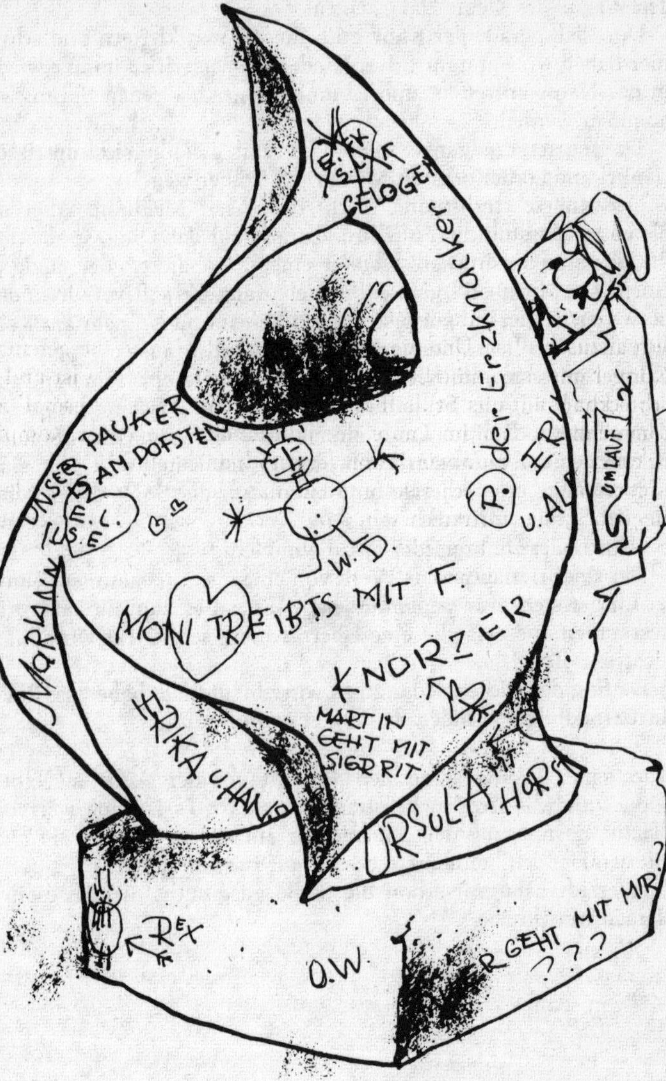
REX
GELOGEN
der Erzknacker
UMLAUF
UNSER PAUKER
MONI TREIBTS MIT F.
KNORZER
MARTIN GEHT MIT SIGRRIT
URSULA MIT HORST
GEHT MIT MIR?
???
REX
O.W.

AUFSATZ ÜBER DEN GONG

Ich weiß ja nicht, ob jede Penne so auf Psychologie getrimmt ist wie unsere, jedenfalls ist eines beachtlich: auf Grund des kürzlich erlassenen elektrischen Klingelerlasses ist bei uns die bisher im Gebrauch befindliche elektrische Stundenklingel ab- und statt dessen ein Gong angeschafft worden, weil die pädagogische Tiefenforschung herausgefunden hat, daß die bisher im Schwange befindliche elektrische Klingel als schädlich oder auch als gemeingefährlich anzusehen ist. Und zwar vor allem deshalb, weil die genannte Klingel immer so plötzlich kommt und überall zu hören ist und so schreckhaft in die Stille hineinschrillt, daß man jedesmal zusammenzuckt und im Laufe der Jahrhunderte so einen Komplex bekommen hat. Nur war das bis jetzt noch unbekannt.

Nunmehr ist jedoch bekannt, daß man hier den Erreger entdeckt hat für gewisse Krankheiten und Verfehlungen bei Lehrer und Kind, z. B. Schreikrämpfe und Bettnässen, sowie auch die berüchtigten neuropädagogischen Zuckungen und den nervösen Schluckauf. Deswegen wurde die Klingel durch einen lustbetonten Gong ersetzt.

Dieser Gong, wenn er überhaupt kommt, kommt er durch den Lautsprecher, aber auch da kommt er nur ganz langsam, so daß er meistens schon vorbei ist, wenn man ihn hört – wenn man ihn überhaupt hört – und selbst wenn man ihn hört, kommt er ganz weich und auf leisen Socken und kringelt sich ein paarmal ums Ohr, bevor er sich hineinwagt, so daß kein Mensch mehr nervös aufzuschrecken braucht, sondern der Schüler wird ganz sanft geweckt und kann ohne Magenkrämpfe sein Frühstück auspacken.

Aber nicht nur für den Schüler, sondern auch für den Lehrer ist der Gong zu einem Labsal geworden.

Weil jedoch der Gong niemals nur als solcher an sich, sondern immer stets mit Begleitung von gongfremden Tönen wie Krächzen, Röcheln, Kratzen im Lautsprecher auftritt, ist er nur schwer verständlich, und kann der Erzieher nach dem Gongvorgang in der Pause in aller Ruhe an seinem Käsebrot weiterkauen, bis sich der Gong gerüchteweise herumgesprochen hat.

Zum Beispiel so:

1. Lehrer: Es hat lange nicht mehr gegongt.
2. Lehrer: Seit vorgestern da hat es glaube ich nicht mehr gegongt.
1. Lehrer: Aber da hat es sehr schön gegongt.
2. Lehrer: Meine Stunde hat seit 15 Minuten angefangen und ich darf nicht gehen, weil es noch nicht gegongt hat.
1. Lehrer: Vielleicht hat es schon, nur wir haben es leider noch nicht gehört?
2. Lehrer: Neulich hatte ich den Gong schon mal gehört, obwohl es noch gar nicht hatte.
2. Lehrer: Man müßte mal einen fragen, der den Gong schon gehört hat, vielleicht kann der uns sagen, ob es schon gegongt hat.

Gong

DER PAUKERAUSFLUG

Jedesmal im Mai, wenn es grünt und die Säfte sprießen, dann packt es auch die Pauker, sie kriegen den Drang in die Natur und machen das Landvolk unsicher.

Neulich hatte ich mal das unverhoffte Glück, an so einer Paukerwanderung teilnehmen dürfen zu können. Ich hatte den Knackern durch meinen Vater einen billigen Omnibus besorgt – aber was für einen Hirsch – da nahmen sie mich aus lauter Dankbarkeit mit. Ich sollte ihnen die Gesangbücher tragen und ihnen überhaupt hin und wieder unter die Arme greifen.

Nun kann man von so einem Lehrerverein keinen anständigen Betriebsausflug erwarten, denn die sind natürlich was Besseres und alles wird gleich eine akademische Bildungsreise. Und zwar machen sie dieselbe immer in ihre augenblicklichen Bildungslücken hinein, z. B. nach Rüdesheim, wo man die alten Fachwerkhäuser bestaunen kann, oder sie studieren ein historisch wertvolles Klosterbräuhaus.

Es ist ein ganz komisches Gefühl, wenn man so als einzigster in einen Paukerschwarm hineingerät. Hinterher ist man froh, wenn man heil wieder herauskommt. Aber es hat mir doch gezeigt, daß ich noch das Vertrauen der Lehrstreitkräfte besitze, trotz allem was war. Und sein wird. Kaum hat also der wacklige Bus ein bißchen Land gewonnen und das Paukervolk sich gemütlich in den Sesseln niedergelassen, da muß ich auch schon die Liederbücher verteilen und zwar pro Kopf einen «Singebruder», damit es keinen Streit gibt. Kurz darauf soll das Gesinge losgehen, aber es kann nicht, weil die einen im Frühtau zu Berge wollen, die anderen auf, auf, zum fröhlichen Jagen, und ein paar Knacker im Panzer nach Afrika.

Mir persönlich ist das alles schnuppe, von mir aus kann es Halleluja sein, ich habe meine Singebrüder verteilt, und der Knörtz hat den mit dem Fettfleck gekriegt. Einer war übrig. Den habe ich dem Fahrer gegeben. Da wurde der vielleicht falsch.

Inzwischen wurden die Sehenswürdigkeiten der Landschaft erklärt, bis sie sich endlich auf «Muss i denn» geeinigt haben. Bei der ganzen Singerei bleibe ich persönlich stumm, höchstens daß ich mal zum Schein das Maul auf und zu mache. Nur an ein paar Stellen, da gröle ich falsch dazwischen, damit sie sich umdrehen und suchen, wer es war. Mit einem Male hält der Bus mitten im tiefsten Wald, und alle steigen aus und fragen, wo das Wirtshaus ist. Aber es ist noch kein Wirtshaus da, sondern jetzt kommt die Überraschung: jetzt wird durch den Wald zur Dicken Buche gewandert, und zwar nach dem Kompaß, und von da nach der Ruine und danach erst zum Wirtshaus – das sind wir unserem Kreislauf schuldig.

Wir sind es auch alle zufrieden und gucken nun zu, wie der Knörzerich erstmal den Kompaß an die Karte legt und die Karte einnordet, damit die Richtung stimmt. Gelernt ist gelernt, sagt er und zeigt mit der Hand in die Marschrichtung. Auf, auf, ruft er, Marschzahl soundso viel Komma soundso viel, Zielpunkt Dicke Buche, tief durchatmen und lang ausschreiten.

Nun geht es quer durchs Gelände ohne Rücksicht auf die Laufmaschen, bis der Knörtz nach einer Weile «Halt» sagt. Hier müßte theoretisch die dicke Buche sein. Aber die dicke Buche ist nicht da, sicher haben wir gebummelt, also weiter und den Mut nicht sinken lassen, bis nach einer sehr langen Zeit endlich die dicke Buche in Sicht kommt. Alle sind nun wieder froh und packen ihr Wurstbrot aus und lassen sich unter der Buche nieder. Bloß der Dr. Taft ist unzufrieden. Als Naturfreund und Biologe muß er es ganz offen sagen: es handelt sich hier nicht um eine Buche, sondern um eine dicke Eiche, quercus pedunculata, allerdings um eine sehr dicke, da muß er dem Herrn Kollegen unbedingt recht geben.

Einer, denke ich, muß immer was zu meckern haben. Jetzt starren natürlich alle hinauf ins Laub und prüfen die Blätter. Jawohl – rufen sie – es ist eine deutsche Eiche, wie sie im Buche steht, daran ist nicht zu rütteln, man sieht es sofort am knorrigen Geäst.

Das ist Herrn Knörtz natürlich peinlich. Auf der Karte, sagt er, steht deutlich Dicke Buche; aber vielleicht geht der Kompaß falsch. Er hält ihn ans Ohr, ob er noch geht, und rüttelt ihn, so daß die Kompaßnadel durchdreht und in eine ganz falsche Richtung zeigt. Bestimmt ist es kein deutsches Erzeugnis, ruft er und sucht auf der Rückseite nach. Aber da steht deutlich: Made in Germany (West). Der deutsche Name, sagt der Knörzerich, ist auch nicht mehr, was er zu seiner Zeit einmal war. Alle nicken und stehen ratlos herum. Wenn es Nacht wäre, meint der Chef, könnte man sich an den Sternen orientieren. Aber das ist auch kein Trost. Es bleibt uns nichts übrig, als kehrtzumachen und zur Straße durchzustoßen. Nun ist die Stimmung wieder auf dem Nullpunkt, bis nach einer Weile ein Wegweiser auftaucht, auf dem «Zur Ruine» steht. Da

DER
NATUR.
FREUND

wird alles wieder fröhlich, denn nun kann es nicht mehr weit zum Gasthaus sein. Bald taucht dann auch eine alte Spitzbogenruine auf, von irgendeinem Ludwig, dem Lächerlichen oder was weiß ich von wem erbaut, über die Frl. Dr. Elfriede Meier-Lamprecht einen Vortrag halten will. Das sollte eine zusätzliche Überraschung sein. Der Vortrag soll auch gleich anfangen, kann aber nicht, weil mir einige von den Paukern gleich ins nahegelegene Gasthaus gefolgt sind. Dort müssen wir erst geholt werden. Aber ein paar von uns bleiben trotzdem sitzen, weil sie ihr Bier nicht mehr rückgängig machen können.

Endlich kann der Vortrag anfangen. Leider ist die Akustik an dieser Stelle unschön. Vielleicht ist sie an der Westseite besser. Aber dort ist sie auch nicht besser. Da wird der Vortrag in die Gaststube verlegt.

Dort angekommen, begrüßen uns die fünf Zurückgebliebenen mit Gebrüll und bestellen ein neues Bier. Da bestellen wir auch erstmal eins und einen Steinhäger dazu. Dann kann der Vortrag endlich anfangen.

Obwohl der Landgraf Ludwig früher von ungeheurer Bedeutung für uns war, so ist doch heutzutage nicht viel mehr als wie eine Bildungslücke von ihm zurückgeblieben. Über diesen traurigen Zustand hat die Meier-Lamprecht schon einmal eine Doktorarbeit geschrieben, und all das und noch mehr möchte sie uns heute natürlich nicht vorenthalten. «Aber leider scheinen einige Kollegen diesem bedeutsamen Punkt in der Vergangenheit keine Aufmerksamkeit schenken zu wollen.»

Das war natürlich ein scharfer Hieb gegen die fünf Sitzengebliebenen von vorhin. Die saßen auf der hintersten Bank, riefen dumme Witze dazwischen und paßten nicht auf. Außerdem hatten sie schon einen Vorsprung von drei bis vier Glas Bier. Jetzt kam auch noch die Kellnerin rein und brachte ein Tablett voll Nachschub; der Blaumeier bestellte noch eine Bockwurst mit Kartoffelsalat, das brachte die anderen auf eine Idee und sie bestellten auch alle eine Bockwurst mit Kartoffelsalat. Ein ganz Frecher bestellte ein Kotelett. Nur die Meier-Lamprecht bestellte nix.

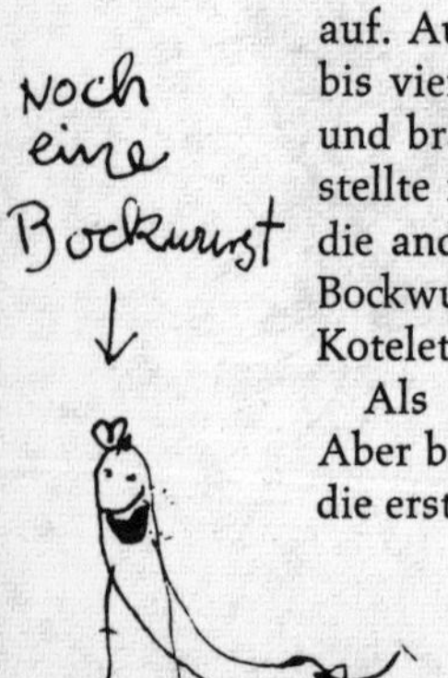

Als die Bedienung raus war, ging der Vortrag weiter. Aber beim Bau der Wallfahrtsruine im Jahre 1300, da kam die erste Bockwurst rein und der Aufbau geriet ins Stocken.

Und dann erschien eine Bockwurst nach der anderen, so daß die Ruine nie richtig fertig wurde, und als das Kotelett kam, wurde der Bau wegen mangelhafter Beteiligung abgebrochen.

Da waren alle Pauker froh; nur die Lamprecht nicht. Sie aß nichts, sie trank nichts und wünschte noch nicht mal einen guten Appetit.

Nach dem Essen kam bei den Paukern das Menschliche erst richtig zum Durchbruch. Sie sangen alle durcheinander und übten Ringelpitz mit Anfassen. Der Chef rief, wie gut es ist, daß wir mal einen Augenzeugen unter uns haben, und ich sagte, es wird bestimmt ein tiefes Erlebnis für mich sein. Sodann nahm ich den Paukern zwei Mark achtzig beim Skat ab und brachte ihnen das Pokern bei. Später auf der Heimfahrt dutzten sie alle den Schofför und wurden vertraulich (außer der Meier-Lamprecht natürlich), und der Bus schaukelte von einer Seite auf die andere. Auf halber Strecke mußten wir kehrtmachen, weil wir den Chef vergessen hatten, dafür hatten wir einen drin, den wir noch gar nicht kannten, der wollte überhaupt nicht wieder raus.

Zu einer Keilerei ist es dann leider nicht mehr gekommen, aber man muß von so einer Paukerparty nicht gleich alles verlangen. Es war auch so sehr schick.

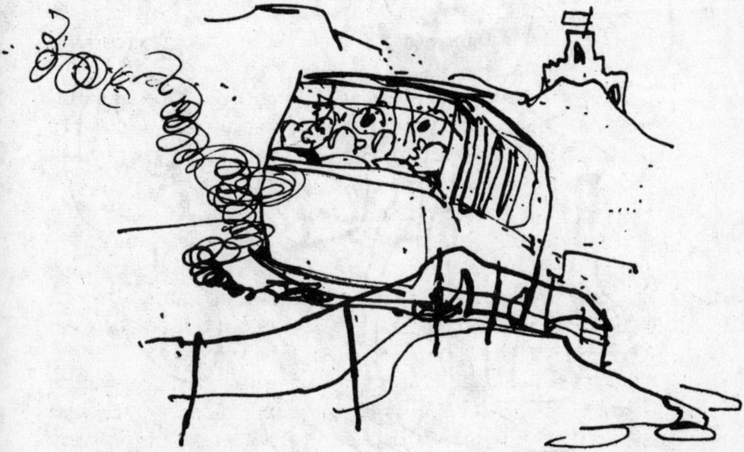

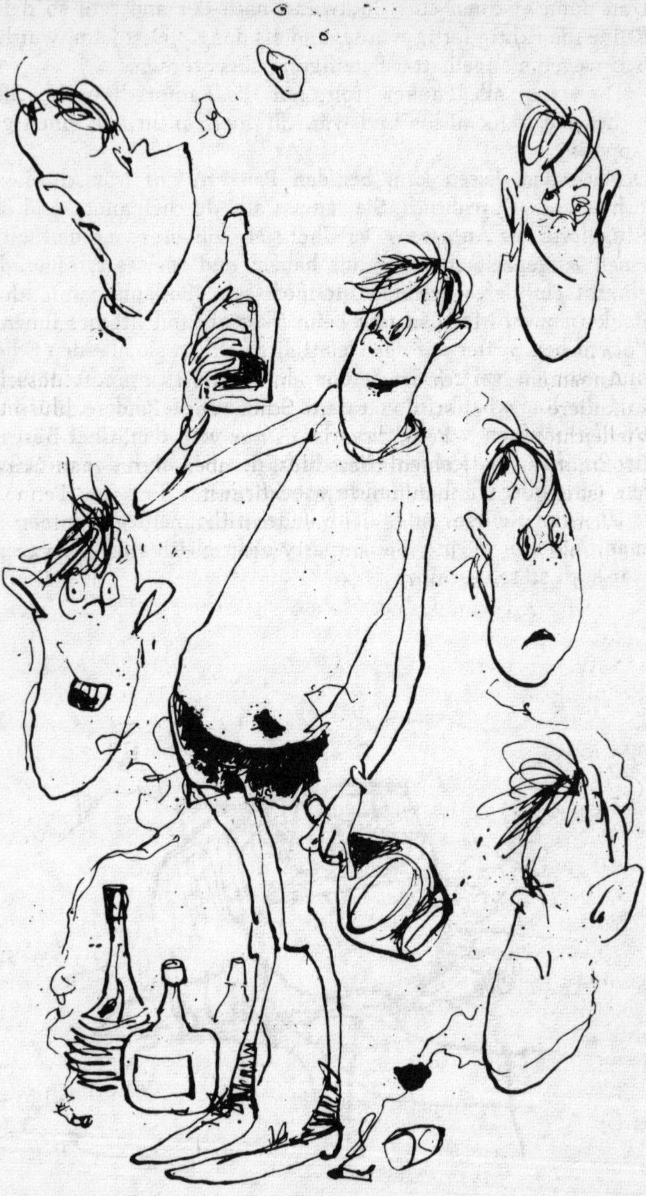

IN DER HÖHLE DES LÖWEN

Der Mensch, wenn er was vom Leben haben will, muß seine Optik aufmachen.

Zum Beispiel vor zwei Wochen, da finde ich vor der Schultür einen Schlüssel. Ein anderer als ich, Grendel oder Pickel, hätten ihn liegen lassen, sie sind zu faul zum Bücken. Aber wer auf Draht ist, nimmt ihn mit, man kann mit ihm vielleicht ein Geheimfach aufschließen.

Angenommen, ich finde vor einer Schule einen Schlüssel, so kalkuliere ich zuerst, daß es ein Schul- oder Paukerschlüssel ist. Vielleicht habe ich Pech, dann ist es nur von der Josefa Bösl ihrer Großmutter der Kohlenkellerschlüssel, aber wenn man Schwein hat, ist es der Hauptschlüssel und schließt mir die ganze Penne auf.

Wenn man einen Schlüssel gefunden hat, hat man immer zwei Möglichkeiten, man kann ihn abliefern, man kann ihn aber auch behalten. Ich habe mir gedacht, erstmal behalte ich den Schlüssel für mich, und danach gebe ich ihn gleich ab, dann hat jeder was davon.

Natürlich, wenn ich ihn vorläufig aufbewahre, dann darf man ihn nicht nur so mit sich rumtragen, sondern man muß ihn auch zur Anwendung bringen, sonst könnte man ihn ja gleich abliefern. Aus diesem Grunde habe ich ihn in der späten Dämmerung am Nebeneingang ausprobiert, weil man da ungesehen ist, und der Schlüssel paßt gleich beim erstenmal.

Da schleiche ich mich vorsichtig rein in die Höhle des Löwen.

Als ich drin bin, merke ich, daß ich die Himmelsrichtung verloren habe, deswegen schließe ich erstmal diejenige Tür auf, wo ich gerade stehe.

Ich muß lachen, es ist der Lehrerabort; da weiß ich wieder, wo ich bin und lenke die Operation gleich in Richtung Lehrerzimmer. Die Tür, die ich aufmache, führt durch die Garderobe, wo ein paar alte Galoschen, zwei billige Regenmäntel, vergessene Schirme und der stadtbekannte Deckel vom Studienrat Minkwitz rumgammeln.

Wie ich dann die Tür zum Knackertempel langsam aufmache, kriege ich Herzklopfen. Hier ist also das Hauptquartier von Ali Baba und seinen 40 Räubern, für Jugendliche ohne Begleitung

Erwachsener verboten. Und mir, Nietnagel, ist es als erstem gelungen, in das Heiligtum einzudringen!

Ich mache mich unverzüglich an eins von den 100 geheimnisvollen Fächern und Schränken ran, stoße aber erst nur auf die Paukerapotheke mit vielen Medizinflaschen und Verbandwatte. Eine unter den Flaschen kommt mir etwas unmedizinisch vor, darum mache ich den Korken ab und rieche dran. Es ist aber kein Salmiakgeist oder essigsaure Tonerde, es ist einwandfrei Kognak. Keine Spitzenmarke wie bei meinem Vater, ich nehme an, die Pauker kaufen im Discountladen ein und halten die billigeren Sorten. Aber im Moment macht es mir nix weiter aus, und ich kippe einen oder zwei auf das Wohl von Mecki. Danach gehe ich wieder an die Arbeit.

Aber ich weiß zuerst gar nicht, wo ich anfangen soll. Es kommt mir jetzt vor, als gibts hier 1000 Fächer und Schränke. Auf dem Tisch liegt das Protokollbuch von den Konferenzen. Ich nehme erstmal ausführlichen Einblick und merke mir ein paar steile Sächelchen, die ich bei günstiger Gelegenheit an den Elternbeirat verkaufe. Am meisten interessiert mich das Fach vom Blaumeier, meinem Klassenlehrer. Wie ich es aufreiße, fällt mir sofort das berüchtigte grüne Notizbuch ins Auge, wo er unsere Noten reinschreibt und alles, was ihm sonst nicht an uns paßt. Ein Rotstift liegt auch daneben, bedienen Sie sich bitte, Herr Nietnagel. Ein paar Einser und Zweier fehlen mir noch in meiner Sammlung und die Lydia hat zu viel davon, der Grendel ist auch überfüttert, man muß hier ein bißchen wegnehmen und da mal was zugeben. Die Stunde der Gerechtigkeit ist angebrochen.

Ich mache mirs also in einem Sessel bequem, aber wie ich gerade anfange und meine Betragensnote aufbessere, kriege ich ein dummes Gefühl, halb wie Grammatikstunde und halb wie unterm Weihnachtsbaum, ich denke, so schlecht kann doch der Kognak nicht sein, muß aber an den Blaumeier denken, so was Blödes, und frage ihn, ob ich mir eine von Knörzerichs Zigaretten nehmen darf. Der Knörtz ist jedoch leider zur Zeit nicht vorhanden, da muß ich mich selbst bedienen. Scheinbar raucht er dieselbe Sorte wie ich, das ist aber auch das einzige, was der und ich zusammen haben, deswegen lege ich ihm einen Groschen ins Fach, weil ich mir von dem nix schenken lasse und wenn er sich noch so aufdrängt.

Darauf schreite ich nochmals zur Apotheke und denke, ich muß mir ein Gegenmittel gegen den Schnaps von vorhin genehmigen. – Unter dem Fach mit dem roten Kreuz ist noch eins, worauf geschrieben steht Erste Hilfe. Das mache ich auf und rieche an den Flaschen. Es ist Kirschlikör und scheint das Apothekenfach für die Damen zu sein. Das ist ein prima System, oben die duften, harten Sachen, Whisky, Wodka, Korn und Kognak für die Pauker (mask.), und unten das süße Zeug für die weiblichen Exemplare, damit jeder weiß, wo er hingreifen muß. Wenn das Albert Schweitzer wüßte!

Ich gehe auch die unteren Flaschen mal eben durch und bleibe dann bei einem satten Kräutergesöff hängen, das meine Mama immer für ihren Magen nimmt, und das kommt auch bei mir persönlich gut an.

Als ich weitergehen will, muß ich mich erstmal hinsetzen, aber irgendein gemeiner Hund hat mir den Stuhl von hinten weggezogen, und ich kippe um. Ich schreie ihn an, daß er sich melden soll, damit ich ihn gleich in die Fresse schlage, aber keiner will es gewesen sein und ich gehe wieder zum Blaumeier, finde ihn aber nicht, weil die Fächer plötzlich alle schief stehen, mal so mal so, je nachdem, daß ich denke, es hat einer dran gedreht. Nur dem Knörtz sein Fach kriege ich zu fassen, es ist in Stirnhöhe und die offene Tür schlägt mich mit der spitzen Ecke an den Hinterkopf. Da bekomm ich eine Stinkwut. Zum Dank, daß ich ihm die Zigarette bezahlt habe, schlägt er mich brutal von hinten nieder. Jetzt vergesse ich mich und reiße einen großen Aschenbecher hoch, werfe ihn auf den Kerl, das Ding schneidet ab wie ein Diskus, weil ich mich beim Abwurf gedreht habe, segelt aufs Fenster zu und klirrt und scheppert so unanständig, daß in der Nachbarschaft die ganzen Lichter anfangen zu schwanken. Ich höre auch sowas wie Stimmen und denke, jetzt ist der Hausmeister Ploch, der alte Paukerknecht, aufgewacht und rollt zum Gegenangriff vor, soll ich mich zum Kampf stellen oder was?

Aber er ist den Zweikampf nicht würdig und außerdem, wozu soll ich mich niedermetzeln lassen? Ich ziehe mich lieber zum Ausgangspunkt zurück und unterwegs zerstöre ich noch, was ich im Vorbeigehen erreiche, dann kämpfe ich mich durch die Garderobe zurück auf den Korridor und verdrücke mich wieder im Lehrerklo.

Als ich von innen abgeschlossen habe, höre ich aufgeregte Stimmen vom Flur und vom Lehrerzimmer; der Ploch ruft, es war der Minkwitz, der säuft zu viel oder die Referendare oder Sabotage von den Halbstarken aus der Schülermitverwaltung oder die Rote Hand. Aber meinen Namen ruft keiner, deshalb kotze ich erstmal in aller Ruhe und schlafe dann auf dem Sitz ein.

Wie ich wieder aufwache, ist es mitten in der Nacht und elend kalt, ich schlottere, es ist mir zum Abkratzen zumute, aber ich denke, ich gehe vorher lieber heim, wer stirbt denn schon gern auf dem Abort von anderen Leuten?

In der nächsten Zeit war ich, solange wie die Fahndung nach dem unbekannten Einbrecher ging, ein bißchen bedrückt und seelisch nicht ganz auf der Höhe. Der Blaumeier hat es für gutes Benehmen gehalten und gesagt, der Nietnagel verdient auch mal eine Zwei in Betragen.

Da zückt er sein grünes Buch und wundert sich natürlich, daß er die gute Note schon eingetragen hat.

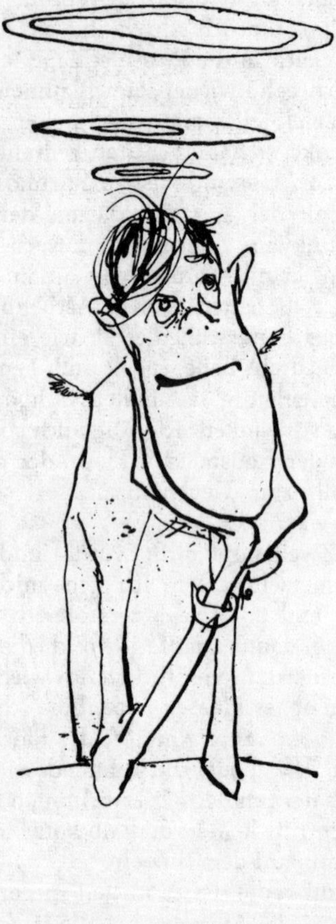

Pauker gibt es seit 1667 . . .

... sofern man diese an sich zeitlose Erscheinung etymologisch betrachtet. Zunächst tauchten sie als Hosenpauker im Sprachschatz auf, wie Herr Nystöm nachwies. Im medizinischen Sinne ist der Pauker eine Abnormität am Lehrkörper. Historisch gesehen entstand der Pauker als solcher im Jungpaläolithikum, kurz nach der Erfindung des Rohrstocks und der Ausbildung des Lehrtriebs beim Menschen.

Der Lehrtrieb zählt somit zu den ältesten sekundären Leidenschaften der Menschheit, ähnlich dem Verschönerungstrieb, dem Wandertrieb, dem Singtrieb, dem Hordentrieb sowie dem Sammel- und Spartrieb. Während aber der Lehrtrieb von Anfang an Blüten trieb, blühte beispielsweise der Spartrieb erst mit der Erfindung des Pfandbriefs so richtig auf.

WANDERTAG

Die Jugendherberge gehört zum deutschen Bildungsplan, sagt der Taft. Dort müssen wir außer dem Wandern noch das bargeldlose Beisammensein sowie den gesunden Schlaf auf dem schlichten deutschen Feldbett üben.

Also fahren wir von Zeit zu Zeit in einem Omnibus bis 50 Meter vor die Herberge, wo schon viele andere Omnibusse stehen. Dort steigen wir mit unseren Koffern aus, weil in der deutschen Jugendherberge nur der Wandersmann zu Fuß gestattet ist. Das letzte Stückchen Weg wird deshalb erbarmungslos zu Fuß erwandert, bis wir erschöpft am Tore stehen, wo uns der Herbergsvater zur Rede stellt:

Falls wir es noch nicht wissen, ruft er, befinden wir uns hier in einer deutschen Jugendherberge und nicht in einem Hotel, also ist es verboten, Krakehl zu veranstalten oder in die Rabatten zu machen oder etwa amerikanischen Kaugummi zu kauen. Außerdem ist das unnötige Herumstehen sowie das unnötige Herumsitzen, Knien, Liegen und dergl. Unsitten auf den Betten vor 20 Uhr verboten. Aber sonst sind wir herzlich willkommen.

Es bleibt uns also nichts anderes übrig, als mit den anderen dreihundert Wanderern immerzu zu wandern, vom Schlafraum zum Waschraum, vom Waschraum zum Kloraum, vom Kloraum zur Kantine, von da zur Küche, von dort nach hier und wieder zurück und das bis 20 Uhr.

Die Nacht aber ist in einer Herberge die allerwichtigste Tageszeit, weil da vor allem das Verhalten in der Gemeinschaft geübt wird. Kaum ist das Licht aus, da wird von oben gestrampelt, von hinten gekniffen und von unten an die Matratze getreten. Um zwölf trommeln wir dann an die Wasserleitungsrohre, weil unten jetzt die Pauker einschlafen wollen.

Sofort hört man, wie unten der Taft mit einem Satz aus seiner Bude springt und mit rutschenden Pyjamahosen bei uns hereinschneit, wer es gewesen ist? Da reiben wir uns erstaunt den Schlaf aus den Augen und sagen, es ist gar keiner gewesen, sondern es ist an die Leitungsrohre geklopft worden.

Wehe! ruft der Taft im Dunkeln und rennt zum Nebenzimmer.

Aber dort haben sie gar keine Wasserleitung und sind ganz beleidigt. Also rast der Taft nach oben, reißt dort eine Tür auf und will sich den Täter haschen. Aber da steht er mit einemmal in einem fremden Mädchenzimmer, wo sie sich gerade gegenseitig ihre Beine zeigen.

Wie sie ihn sehen, fangen die Weiber natürlich an zu kreischen und rufen, ob er vielleicht ein Sittenstrolch ist?

Da hält sich der Taft verlegen seine Pyjamahose fest, knallt die Tür zu und flüchtet über den dunklen Gang. Aber am Ende stößt er mit dem Herbergsvater zusammen, welcher ihn ganz verdächtig fragt, was er sich hier zur nachtschlafenen Zeit herumtreibt? Noch dazu bei den Mädchen? Und dann obendrein noch mit den Türen knallen und das als Pädagoge? Was man von so was halten soll?

Da will der Taft entrüstet protestieren, aber der Herbergswärter schimpft zurück, daß es über den Flur schallt und überall die Türen aufgehen und die Taschenlampen leuchten. Alle wollen die komische Figur in seinem veilchenblauen Schlafanzug betrachten und freuen sich und lachen. Nur die Mädchen sind enttäuscht, weil es gar kein richtiger Sittenstrolch gewesen ist, sondern nur ein armer Pauker, der eigentlich schon längst ins Bett gehört.

Deswegen zieht sich dieser auch ganz verstört in die Falle zurück, kann aber die ganze Nacht nicht schlafen, weil er einen Beschwerdebrief an die Regierung entwerfen muß.

Dies geschieht dem Knacker recht. Was hat er auch in einer Jugendherberge zu suchen, obwohl er schon über 40 ist?

DIE ELTERNSPENDE

Neulich kriege ich einen Blauen Brief.

Er kam wie gewöhnlich zwischen Silvester und Rosenmontag, mit freundlichem Gruß: «Versetzung so gut wie ausgeschlossen.»

So was kann auf die Nieren gehen, aber wir zu Hause, wir machen uns deswegen nicht in die Hosen, mein Vater und ich, wir bringen das ganz routinemäßig, rein vom Geschäftlichen her bringen wir den Drohbrief zur Erledigung, und zum Abschluß wird der ganze Vorgang in die Akte Werbungskosten abgeheftet. Und zwar so:

Zuerst geht mein Alter natürlich mal hoch. Er ruft, er versteht nicht, was diese Leute gegen uns haben, er hat ihnen keinerlei Anlaß gegeben und die Fünf in Latein, sie schreit zum Himmel...

Lieber Vater, sage ich, errare humanum est, das kommt in den besten Familien vor. Aber es ist doch noch Zeit, es muß sich doch noch sanieren lassen.

Das ist auch der Standpunkt von meinem Alten. Er will tun, was er tun kann und in diesem Fall nicht knauserig sein und hält eine einmalige Elternspende von fünfhundert Mark für angebracht. – Ich sage, lieber Vater, das verwechselst du mit dem Holzzettel für Marion vom letzten Frühjahr, aber es hat nicht gereicht, sie haben sie trotzdem abgeschossen. – Schweinerei, ruft mein Vater, das kann doch nicht wahr sein, wo kommt er da hin; aber wenn es die Pauker nicht anders haben wollen, dann gibt er eben 600 Mark. Doch die ganze Angelegenheit ist ihm zuwider.

Ich sage, wem sagst du das. Aber wir dürfen nicht am falschen Ende sparen. Im vorigen Jahr war ich eine Klasse unter mir, jetzt bin ich eins höher und sowieso sind überall die Preise am Steigen. Das muß mein Alter auch zugeben.

Die Picklers, sage ich, haben 700 Mark für das Ruderboot ausgespuckt, das kann doch nicht so tragisch sein und geht doch alles auf Werbungskosten.

Das sieht mein Alter auch ein, ein bißchen repräsentativ muß die Prämie schon aussehen. Er bietet ihnen nunmehr und endgültig 1000 (tausend) DM und keinen Pfennig mehr, und wenn sie jetzt nicht spuren, dann sollen sie ihn mal kennenlernen, dann nimmt er

„... aber dafür hat er ein Radio!"

mich auf der Stelle von der Schule. Ich wäre sowieso zu schade dafür.

Ich sage, das ist mir aus dem Herzen gesprochen; aber es darf auf keinen Fall bargeldlos vonstatten gehen, auch kein Scheck, warum, sondern die Scheine blank auf die Hand, weil der Chef den persönlichen Kontakt wünscht. So kann er sich persönlich ein Bild vom Spender machen, Auge in Auge, und ein bißchen Hartgeld, wenns geht, für die Akustik, damit was auf den Schreibtisch klimpert.

Da fragt mein Alter, wofür das Geld denn angelegt werden soll, ob man da einen Wunsch äußern darf, er denkt an was Kulturelles, z. B. an ein Cembalo. Ein Cembalo, sage ich, davon habe ich nichts, schließlich will ich mein Geld nicht verschenken. Sondern ein Auto.

Da staunt mein Vater und wundert sich, was sie heute alles machen.

Gestern bin ich beim Chef gewesen. Die Alte im Sekretariat äugt mich ganz boshaft an, als sie mich wiedererkennt. Sie ist so nachtragend und will wissen, was ich diesmal vorhätte und wundert sich, daß ich überhaupt noch auf der Penne bin.

Ich sage, leben Sie auch noch? Da können Sie mich mal beim Chef anmelden.

Bevor sie wieder Spucke gesammelt hat, steckt der Direx seinen dicken Kopf durch die Tür und fragt, worum es sich handelt? Ich sage, es handelt sich um eine kleine Spende. Da wird er sauer und ruft, ich gebe nichts mehr, ich habe schon zweimal.

Ich sage, es handelt sich um einen bescheidenen Förderungsbeitrag, gestiftet von der Firma Nietnagel. Da hält er die Tür auf, ich nehme mir einen Sessel und ergreife das Wort. Dabei schaue ich ihm aufrecht ins Auge, weil er das gerne hat und zähle ihm die Mäuse auf den Tisch.

Da bin ich aber sprachlos – ruft der Direktor. Da fehlen ihm die Worte, und er weiß gar nicht, was er dazu sagen soll. Aber nun, wo das Geld so vor ihm liegt, da kann er es auch gut gebrauchen. Die Orgel muß repariert werden, der Brunnen hat Verstopfung – und dann das Cembalo, sein eigener Herzenswunsch... aber es ist wirklich nicht nötig gewesen.

Herr Direktor, sage ich, da ist nix zu danken, da kann er getrost Gebrauch von machen. Manus manum lavat, Wirtschaft und Bildung schreiten Hand in Hand, läßt mein Vater ausrichten. Aber leider schwebt dem Spender schon etwas Bestimmtes vor. Und zwar ein Kraftwagen... Ein was? – Ein Kfz, ein Pkw, verstehen Sie, Herr Direktor, ein Auto aus zweiter Hand, zum Unterrichtsgebrauch...

Da hebt der Chef eine Augenbraue und spricht, daß er hier nicht mehr folgen kann; zwar mißachtet er nicht die Maschine, trägt sich sogar selbst damit, ein Automobil käuflich zu erwerben – nützlich für den Alltag, gewiß. Aber in den gymnasialen Bildungsraum, da gehört die Alltagstechnik nicht hinein und sein Gymnasium ist keine Schlosserei! Und da wird er ganz stolz.

Ich gucke ihm immer noch ins Auge, weil das eine Vorliebe von ihm ist, und ziehe eine Zeitung heraus, wo drin steht, daß eine andere Penne einen alten 180 hat, an dem sie herumdoktern, und die Technik erlernen, und daß der Minister dem Direktor Lob gespendet hat und einen Zuschuß wegen dem Fortschritt, und daß wir gewaltig hinter dem Mond sind und uns dranhalten müssen, falls wir auch mal in die Presse kommen wollen.

Ja, wenn das so ist, sagt der Chef und schaut ganz versonnen. – Er gibt Religion und Deutsch, aber up-to-date will er gerne sein und fragt mich, was so ein Kraftwagen an Bildungsmaterial hergibt.

Ich sage, Herr Direktor, das ist ein weites Feld und werfe ihm ein paar Ausdrücke vor, Lenkungsgeometrie, Hydraulik, und da haben wir das Bremsfading und die Zylinderbahn, ganz zu schweigen von der Fahrerpsychologie und der STVO oder was mir sonst noch alles einfällt, bis ich heimdarf.

Vierzehn Tage benötigte der Chef, dann kam er mit einem großen Schlager heraus. In einer Morgenandacht in der Aula predigte er über das Alte und über das Neue: Hier steht das Alte und da steht das Neue, und nun bekämpfen sich diese zwei in der Seele des Menschen. Auch in ihm hat es neulich gestritten; hin und her wogte der Kampf, aber das Neue, es hat doch wieder gesiegt. – Was aber ist nun dieses Neue? Blicken wir uns doch einmal um in unserer modernen Welt. Blicken wir, wohin wir nur wollen, überall stoßen wir auf den Motorwagen, sei es zu Lande, zu Wasser oder in der Luft. Aber die Schule? Wo bleibt da die Schule? – Ich bin durch die Schule gegangen, und fand eine Eule für die Biologie. Was fand ich weiter, ich fand eine Dampfmaschine für die Physik, aber das Automobil, das suchte ich vergebens. Wie lange wollen wir noch rücklings blicken? Gewißlich, das Alte, das Wahre, wir halten es fest, wir nehmen es mit, aber die Zukunft, das Maschinenzeitalter usw. usw... Eine fortschrittliche Elternschaft gewährt uns den Fond zwecks Erwerb einer Kraftstoffmaschine für den Physikunterricht, welche von dem Schüler Nietnagel gepflegt wird (Beifall)... Rest uninteressant.

Nicht lange, und es hieß, ein Altwagen soll gekauft werden, der Nietnagel hat den nötigen Fachverstand, und dazu kriegt er den Studienreferendar Nobert und den Primaner Benno Rübel und die Kommission begibt sich zum Automarkt Sellini, in welchem mein alter Herr mit 50 Prozent eine stille Hand drin hat.

Dort angekommen, fällt mir gleich ein firnblaues Coupé mit allerhand Extras ins Auge, ein Borgward, sehr schick, aber gut um die Hälfte zu drücken, wegen der Firmenlage, und inzwischen läßt sich der Nobert einen Ladenhüter zeigen für 500 Mark, sehr zweckdienlich, sagt der Sellini, für unsere Zwecke genau das Richtige, aber die Vordersitze quietschen, haben Sie Mäuse im Polster? frage ich. Der Sellini reibt seinen Brillantring an der Hose, und wir gehen eins weiter – ein Stück in Richtung Coupé – zu einem absolut unfallfreien 53er Taunus, ein sehr solider Wagen, schade, daß die Kardanwelle durchhängt und die Räder eiern, aber dafür hat er ein Radio.

Für unsere Zwecke, sagt der Nobert, tuts der Wagen, viel Geld ist ja nicht verfügbar. Ich sage, Herr Nobert, es ist nicht Ihr Geld und es ist auch nicht mein Geld; Ramsch können wir der Behörde nicht anbieten.

Dieser Olympia, ruft der Sellini, ist das Richtige für Sie, auf das Äußere soll man nicht achten, aber die Maschine ist tipptopp. Sie müssen ihn mal erleben, wenn einer hinter ihm her ist. – Der Nobert will ihn nehmen, weil der Preis paßt, aber ich probiere den toten Gang, der hört überhaupt nicht mehr auf und knarrt und eine Ameise kommt aus der Lenksäule.

Sie und ich, Herr Sellini – sage ich – wir wissen, was ein Auto ist, und er soll mir mal drüben das Coupé zeigen.

Das Borgwardcoupé können Sie haben, meint der Sellini, für 4 Mille, zum Schleuderpreis, weil es für die Schulbehörde ist. Dreifünf, sagt der Rübel, weil der Typ pleite ist. – Drei Mille mit Nachlaß für die Firma Nietnagel, rufe ich. – Da guckt der Sellini unsicher und reibt seinen Brillantring und der Nobert will weiter, aber ich rufe, wenn Sie gestatten, eine kleine Probefahrt, nur zum Spaß, wo wir einmal hier sind – und lasse mich in das rote Leder fallen und denke, der steht mir, den nehmen wir, für unsere Jugend – sage ich – ist das Beste gerade gut genug.

Da packt es auch den Nobert, er läßt den Wagen kurz aufbrummen, schwenkt in die Friedrichstraße, Ringstraße – da verlieren wir den Auspufftopf – das ist gut, schreie ich, drücken Sie nur auf die Tube! Darauf fängt er wie ein Hirsch an zu röhren. Klasse ist das! Brüllen tut er wie auf dem Nürburgring!!

In der Albert-Schweitzer-Straße fangen zwar die Töpfe ein bißchen an zu klappern, aber dann vor der Schule, da läßt ihn der Nobert noch mal aufheulen, gut der Mann, rufe ich, und jetzt Bremsprobe!! Aber da scheint was nicht zu stimmen, es kreischt und knirscht, die Schulfenster gehen auf und der Wagen geht in die Schräglage, ich ziehe noch an der Handbremse, da kommt mir der ganze Seilzug heraus und das Coupé knallt mit der Breitseite auf dem Taft seinen VW, und der auf dem Blaumeier seinen VW, und der auf den VW von der Priemel ...

Zuerst kommen die ganzen Schüler heraus – ich schreie Deckung! er explodiert! – und dann kommen die Pauker, die Ambulanz, die Polizei, der Pfarrer – aber er explodiert gar nicht – die Presse, danach die Feuerwehr und zuletzt der Sellini mit dem Abschleppdienst. Der Nobert lag auf dem roten Polster, aber er war nicht tot, sondern nur drei Rippen waren kaputt und der Chef fragte, wie er sich seine Beamtenlaufbahn vorstellt?

Es war überhaupt alles halb so wild, die Versetzungskonferenz war schon gewesen, und der Nobert ist noch jung. Es kann ja nicht jeder ein Studienrat werden.

Aber die Schule kam endlich mal in die Presse. Das hat es früher nicht gegeben, schrieb die Zeitung, die moderne Pädagogik treibt die Kinder in den Tod, und der Schaden, rief der Chef in einer Morgenandacht, geht in die Tausende, vom Menschlichen mal ganz abgesehen.

Aber diesmal, meine ich, kann mal ein anderer was spenden.

DER NEUE BRUNNEN

Auf einmal stand ein rostiges Röhrengestell in der Halle, und keiner wußte, was es sein sollte. Ich konnte mir gleich denken, daß es wieder ein Kunstwerk war, weil wir sowas schon mal hatten. Aber vorläufig sah es wie eine vergammelte Wasserleitung aus. In der Morgenandacht wurde bekanntgegeben, daß es sich hierbei um das preisgekrönte Brunnenmodell für den Schulhof handelt, und das Herumdrehen an den Röhren ist untersagt.

Bis jetzt war unser Schulhof ein großer viereckiger Platz gewesen, wo man in freier Wildbahn rumrennen konnte und wer wollte, konnte auf 400 m trainieren.

Plötzlich hat ihnen der Schulhof, so wie er war, nicht mehr gefallen. Es hieß, er stellt eine häßliche Lücke in der Raumgestaltung dar, und man muß einen Perspektivpunkt mit modischer Grünumrandung schaffen, damit sich die Kinder daran orientieren können, denn heutzutage kann man den Schüler nicht mehr so ungeplant im Raum stehen lassen.

Da hatten wir bald unsere pädagogische Grünanlage, und mit dem Rennen war es aus.

In der Mitte haben sie dann den Brunnen aufmontiert. Jetzt sah er aus wie ein Männeken in der Badewanne mit vielen Armen und Beinen, das aus allen Knopflöchern sein Wasser rausspritzte. Manches sprudelte erst in einen Topf, und wenn der voll war, in eine Pfanne und von dort runter in die Betonwanne. Auf der anderen Seite spritzte ein kräftiger Strahl direkt nach schräg unten oder plätscherte lässig ins Bassin. Der Künstler hockte nachdenklich daneben und sprang von Zeit zu Zeit auf, drehte hier mal dran und drehte da mal dran, damit nichts auf den Rand spritzte. Er hatte sich extra nicht rasiert, damit ihn keiner mit einem Lehrer verwechseln konnte, da haben sich gleich welche ein Autogramm von ihm geben lassen. Er erzählte uns, er hat für morgen die Presse bestellt, und es werden fotografische Aufnahmen gemacht, danach wird er mit dem Brunnen ganz groß rauskommen, und der Kies, der um den Brunnen herumliegt, ist gefälligst nicht zum Reinwerfen in den Brunnen, weil dieser ein Symbol ist. Ich fragte ihn, was ihm die Anlage rein finanzmäßig einbringt, aber da wurde er sauer und sagte, ob es nicht traurig ist, daß die heutige Jugend nichts als die materiellen Werte kennte.

Zu Hause fiel mir ein, daß bei dem Brunnen noch eine Kleinigkeit fehlt, irgendein Pfiff muß noch dazu, ein Sondereffekt für die Zeitung, daß die Leute was zu lachen haben.

Am nächsten Tag in der großen Pause war ein großes Interview mit persönlicher Anwesenheit des Brunnenschöpfers. Er hielt eine Rede, daß dies nicht einfach nur so ein Brunnen ist, nein, vielmehr ist es umflossener Raum und eine harmonikale Simulthese und symbolgeschwängerte Hydronamik oder so ähnlich. Da drängten sich die Presseleute und die Pauker um ihn rum und schrieben alles mit, weil es im Unterricht durchgenommen werden muß.

Währenddem machte ich mich von hinten an den Brunnen ran, klappte den Wasserspeicher auf und schüttete eine volle Doppelpackung Persil 62 mit extra Schaumeffekt in denselben.

Der Künstler breitete seine Arme aus und rief, dieses anmutige Spiel der Fontänen verdanken wir dem frohen Kinderspiel und dem Jungenlachen, das er so liebt. Die unbeschwerte Jugend von heute hat ihn zu diesem Werk angeregt, und er hofft, daß es auch den Herren vom Kultusministerium gefällt, und daß er seine staatliche Förderung behält.

Nach dieser Einleitung machte alles Platz, weil sie den Brunnen fotografieren mußten. Der Künstler drehte den Wasserdruck auf Vollgas, und plötzlich wurde das Wasser milchweiß. Erst meinten wir, es wäre vielleicht zu kalkhaltig, aber dann staunten wir, weil viele kleine Seifenblasen aufstiegen und immer mehr und immer größere. Der Brunnen fing an zu schäumen, der untere Topf schäumte über und es brodelte in der Pfanne, als wenn eine Waschmaschine Amok läuft. Mit einem Schlag war die ganze Symbolik eingehüllt und aus allen Ritzen quoll das strahlendste Weiß meines Lebens. Der Wind trieb die weißen Wolken über die Grünanlagen, und die Sextaner hüpften hinter den Seifenblasen her und zertrampelten das Gras. Jetzt waren die Reporter natürlich nicht mehr zu halten. Sie knipsten, was die Linse hielt, obwohl der Künstler verzweifelt zwischen ihnen rumsprang und ihnen die Fotoapparate wegnehmen wollte. Schließlich drehte einer das Wasser ab, und der Persilschaum sank langsam in sich zusammen. Auch der Künstler hatte seine Wut ausgeschäumt und sank auch langsam in sich zusammen, weil ich ihm die Publicity gestohlen hatte. Dafür bekam ich vier Stunden Arrest; aber wen juckt das, wer weiß, vielleicht kriege ich noch eine Werbeprämie von der Waschmittelfabrik.

PROBEALARM

Ihr könnt es mir glauben, oder ihr könnt es auch sein lassen, mir ist es egal, jedenfalls haben sie der Penne kürzlich schon wieder ein modernes Kunstwerk angeliefert. Es kam auf einem Laster, und dann stand es eine Weile auf dem Schulhof herum. Danach kam ein großer Baukran und hievte es hoch.

Die Künstler hatten blaue Monteuranzüge an und montierten das Denkmal auf dem Schuldach. Es sah aus wie ein Topf. Der stand auf einem Teller und dieser auf einer langen Stange auf dem Dach.

Wir haben den Dr. Blaumeier gefragt, ob wir das Standbild wieder gedeutet kriegen, weil es abstrakt ist.

Der Blaumeier sagte, es ist nicht abstrakt. Es wird eine Antenne sein.

Aber es war keine Antenne. Es war eine staatliche Luftschutzwarnsirene.

Wir haben es dem Blaumeier gemeldet. Dieser sagte, er versteht es auch nicht, was die da oben soll, aber schaden tut sie im Moment nichts, deshalb sollen wir den Vorfall vergessen. Das haben wir auch getan, denn die Sirene fiel nicht weiter unangenehm auf, sie stand auf dem Dach neben der Fahnenstange und dem Wettergerät, und deswegen guckte bald kein Mensch mehr groß hin.

Das heißt, bis eines Tages ... da fing sie auf einmal an zu heulen.

Wir hatten an dem Tage gerade Biologie beim Taft, und zwar «Der Mensch und sein Gehirn». Ohne sein Gehirn, rief der Taft, was ist der Mensch da wert? Rein vom Materialmäßigen aus betrachtet, da ist der Mensch nur Groschenware, ein paar Kilo Fleisch mit Knochen halb und halb, wenn man sein Wasser abzieht, Fett für 12 Stück Seife, 20 Löffel Kochsalz, dazu kommt ein Viertelpfündchen Zucker, das ist alles. Sein Kalkgehalt langt gerade, um die Garage damit zu weißen, und das Glyzerin ist gut für 20 Kilo Sprengstoff ...

Da fing die Sirene furchtbar zu heulen an.

Aber der Taft, er nimmt sie nicht zur Kenntnis, er ist wie ein zerstreuter Professor, vor lauter Gehirn hört und sieht er nix mehr

auf der Welt. Er malt ein kleines Gehirn, es ist vom Frosch. Und dann ein großes Gehirn, damit man den Unterschied sieht. Da reißt einer die Türe auf und schreit, ob wir keine Ohren am Kopfe haben? Es ist der Hausmeister Ploch, er pfeift auf einer alten Trillerpfeife und ruft: Alarmzustand! Das ganze Haus steht in Flammen, und auf den Fluren wälzen sich die Verwundeten. – Und wir, was machen wir? Wir sitzen im Warmen und malen statt dessen das Gehirn.

Das muß nun auch der Taft einsehen. Aber alles in Ruhe, das will er sich ausgebeten haben, nur die Ruhe hilft in der höchsten Gefahr! Darum wird zunächst die Tafel gesäubert, und das Gehirn wird ausgelöscht, mit viel Wasser, weil es bunte Kreide ist. Dann geht es zu zwei und zwei über die Flure, Weiber voran, wie es sich gehört, und der silberne Handballwanderpreispokal wird im Vorbeigehen gerettet.

Auf dem Schulhof angekommen, warten die anderen schon eine Weile auf uns. Sie haben sich im Karree um den Direktor herumgestellt und gucken uns neugierig an.

Wir sind stolz darauf, weil wir direkt aus der vordersten Feuerlinie kommen – aber der Chef ist unheimlich böse, warum, hinter ihm steht einer vom Luftschutzamt und ist ebenfalls böse, weil die Feuerüberfallprobe keine erfolgreiche war.

Theoretisch, ruft der Chef und schwenkt den Zeigefinger, theoretisch sind wir jetzt alle Leichen. Dabei haben wir noch Glück gehabt, denn angenommen, nur mal angenommen, der Luftschutzbunker wäre schon fertig, dann ständen wir jetzt vor der verschlossenen Bunkertür und müßten draußen im Kalten überleben. Zwar soll das alles in allergrößter Ruhe, aber zugleich jedoch ebenfalls in höchster Eile vonstatten gehen, bei den heutigen Geschwindigkeiten. Und wo wir überhaupt unseren mitzubringenden Feuerlöscher hätten?

Da ist er überfragt, sagt der Taft ganz kleinlaut, aber er hätte dafür diesen Wanderpokal; er ist ein ideeller Wert...

Auf diese Weise, ruft nun aber der Luftschutzwart, kommen wir nie und nimmer weiter. Wir müssen die Lage so ernst sehen wie noch nie, und nicht warten, bis so ein Luftschutzbunker schlüsselfertig ist, sondern handeln, solange es noch Zeit ist.

Dank dem Zuspätkommen von einer einzigen Klasse müssen wir nun das Ganze noch einmal von vorn üben, und zwar unter Mitbringung der Feuerlöschgeräte. Denn sollte im Ernstfall einmal jemand oder auch einmal eine Lehrkraft Feuer fangen, dann sollen wir uns nicht scheuen, sondern dieselbe am Boden hin- und herwälzend zum Rollen bringen – Decke drauf – und mit dem Feuerlöscher direkt an den Brandherd heran.

In der Klasse wieder angekommen, nimmt der Taft seine bunte Kreide auf und fängt an, das Gehirn an der Tafel zu renovieren. Zuerst den Frosch, dann den Menschen mit seinem Großhirn (weiß und grau), Kleingehirn (rot), Hirnanhang, Zwirbeldrüse und so weiter, aber man kann deutlich merken, daß er nicht mehr mit der rechten Liebe bei der Sache ist. Er ist nervös, horcht hinaus, als ob er auf was Bestimmtes wartet, und auch bei uns geht die schöne Zeichnung zum einen Ohr hinein und zum anderen wieder raus. Das Hirn, meint der Taft, es ist ein wahres Wunderwerk. Aber er sagt es mickrig, und es überzeugt uns nicht.

Da plötzlich jault in der Ferne irgendein Polizeistreifenwagen, kommt näher. Der Taft springt wie elektrisiert auf: Fenster schließen, befiehlt er, Geräte aufnehmen und nichts wie raus...

Sollen wir ihn aufklären?

Dies ist, ruft der Taft, das typische Auf- und Abschwellen der Warnsirene; hat er es doch früher tausendmal gehört und kann es nie mehr vergessen – darum auf-auf, nicht gezögert, denn diesmal machen wir den Ersten...

Damit marschiert er los, wir hinter ihm her, Weiber am Schluß, und das Gehirn bleibt an der Tafel zurück.

Auf dem Schulhof sind wir tatsächlich die ersten und ganz unter uns allein.

Nach einer Weile sind wir aber immer noch allein. Der Taft guckt ratlos, und die Klasse kichert.

Auf einmal setzt die Sirene auf dem Dach mit ohrenbetäubendem Krachen ein, so daß sich alles die Löffel zuhalten muß.

Dieser Ton, schreit der Taft erleichtert, bedeutet die Entwarnung; er kennt ihn noch von früher und hat ihn schon tausendmal gehört. Also wieder rein in die Bude und den Löscher zurück an seinen Platz ...

Wir gucken uns an; was sollen wir mit ihm machen? Aber uns geht es eigentlich nix an, und er will es so haben.

Darum zurück marsch, marsch, die Treppe rauf – und da kommt uns auch schon die erste Sexta mit Gebrüll entgegengebrandet.

Jetzt wird es aber verdammt Zeit, sage ich zu Mecki, daß ein anderer das Kommando übernimmt, einer, der aus dieser Lage etwas macht. Meine Stunde ist gekommen, denn ich wittere hier das große Remmidemmi.

Zurück!! schreie ich so laut ich kann, Befehl vom Oberstudienrat Dr. Taft, schert euch zurück, wo ihr hergekommen seid.

Da stutzen die Sextaner, zögern, gucken blöd aus der Wäsche, wie nur Sextaner glotzen können. Dann machen sie tatsächlich kehrt und schreien ebenfalls: Zurück!! Befehl vom Taft ...

Inzwischen ist natürlich das ganze Volk auf die Treppen geströmt, Quartaner, Tertianer, Primaner, Pauker. Die drängeln jetzt von oben nach unten, und unten die drücken von unten hinauf. Mecki guckt zu mir herüber. Es kommt jetzt darauf an, kalkuliert er mir vor, daß möglichst viele von unten drücken, damit der Widerstand stark genug ist und der Durchbruchsversuch aufgehalten werden kann. – Ich nicke zufrieden. – Notfalls, schlage ich vor, müssen bei drohender Durchbruchsgefahr die Feuerlöscher eingesetzt werden. – Das könnte ein Fest werden, meint der Mecki versonnen, wenn die ganze Penne auf dem Schaum die Stufen runterglitscht.

Aber jetzt haben wir keine Zeit zum Spekulieren, weil auf der Treppe ein gewaltiger Rabatz entstanden ist. Ein paar Klassen drängen retour, einige sind noch unentschieden, ein paar Gequetschte schreien um Hilfe, und die meisten pressen mit brutaler Gewalt von oben runter, und dabei schreit und brüllt der ganze Verein durcheinander, Kommandos der aufgeregten Paukerschaft und allerlei blöde Fragen schwirren dazwischen, bis der oben aufgestaute Druck endlich alles andere überschwemmt und auf uns zu quillt. Diesen Moment habe ich vorausgesehen. –

Daß ich den Feuerbefehl für das mir unterstehende Löschgerät anordnete, gebe ich hiermit öffentlich zu. Ich sah mich zu dieser Maßnahme gezwungen, weil der Obersekundaner Alfred (Freddy) Stuck, ein stadtbekannter Schläger, unter Gewaltanwendung gegen

Kinder sowohl wie ohne Rücksicht auf bereits unter ihm Liegende die Treppen heruntertrampelte, so daß ihn nur eine (in die Fresse) gezielte Schaumladung zu Fall bringen konnte.

Über das danach einsetzende Chaos kann nicht mehr mit der nötigen Sicherheit berichtet werden. Jedenfalls zeichne ich für alle betreffenden Vorkommnisse einschließlich Folgen, wie die Feuereröffnung von seiten der anderen Löschgeräte vom Treppenabsatz herab, Massenrutschpartien mit Notlandungen und Knöchelbrüchen, Reinigungskosten und Kreislaufstörungen, *nicht kompetent*, und können wir den Maßnahmen des Staatlichen Luftschutzamtes mit aller Ruhe entgegensehen, sagt meinem Alten sein Rechtsanwalt.

WARUM ICH AUF KEINEN FALL EIN LEHRER WERDE

Weiß der Kuckuck, wer meiner Mutter die neueste Idee angedreht hat! Plötzlich will sie, ich soll die höhere Lehrlaufbahn einschlagen, ich hätte so etwas Feinsinniges an mir, das fehlte noch. Gott sei Dank hat mein Vater es verboten, er will mich auf keinen Fall ins Unglück stürzen, denn der Studienrat ist in Wirklichkeit ein armes Würstchen.

Hat er wirklich mal einem was beigebracht, dann behaupten die Alten, das hat der Kleine von uns, gibt er ihm aber eine 6 und läßt ihn auch noch hängen, dann zetern sie, daß bei so einem Knacker sowieso kein Mensch nichts lernen kann. Kriegt er mal eine Gehaltserhöhung, dann heißt es, die Beamten sind Deutschlands Unglück, die verderben die Preise. Kauft er sich einen VW, dann sagen sie, hier sieht man, wo unsere Steuern bleiben.

Kauft er sich keinen VW, ist er ein armes Schwein, er kann sich nix leisten, man muß ihn mal zum Essen einladen. Kauft er sich einen Opel, dann lebt er über die Verhältnisse und die Kinder nagen zu Hause am Hungertuch.

Aber es geschieht ihm recht, warum ist er kein Kaufmann geworden wie mein Vater. Mein Alter hat zwei Mietshäuser in der Stadt, und er hat auch zwei Studienräte drin wohnen. Die nimmt er gern, sie zahlen pünktlich und schonen die Tapete. Aber werden darf ich keiner, sondern das Geschäft übernehmen und nicht unter meinen Stand gehen.

Eigene Kinder darf sich so ein Lehrer gar nicht leisten, haben diese nämlich mal was ausgefressen, dann heißt es, so ein pädagogischer Blindgänger kann noch nicht einmal seine eigenen Gören bändigen, geschweige andern Leuten ihre.

Wenn seine Kinder aber außerdem noch geistig unterbelichtet sind und sitzenbleiben, in dem Fall darf sich so ein Studienrat überhaupt nicht mehr auf der Straße blicken lassen. Bleiben sie aber *nicht* sitzen, dann ist es natürlich Schiebung, warum, eine Krähe reißt der anderen kein Bein aus, und wenn mein Vater Lehrer wäre, täten sie mich auch versetzen.

Am Nachmittag auf der Straße rumzulaufen, ist ebenfalls schlecht für einen Pauker, fast alle Leute kennen ihn, und die Schüler zeigen mit dem Finger auf ihn und sagen: Guck mal ein Pauker. Sie tuscheln ihrer Mutter etwas Komisches über ihn ins Ohr, und die Alte starrt ihn an und grinst. Außerdem sagen die Leute, da kann man sehen, wer am Nachmittag zu viel Zeit zum Rumspazieren hat, während andere Leute ehrlich schuften müssen; dazu kriegt er noch Ferien und Pension. Er ist ein Schmarotzer im Fleisch des deutschen Volksempfindens.

In den Ferien kann er hinfahren, wohin er will, überall trifft er seine Pennäler mit ihren Alten, nirgends ist er sicher und wird

.. er benötigt das Milieu für den Französischunterricht...

überall sofort als solcher erkannt, in Italien, Spanien oder auf dem Montmartre in Paris, wo mich mein Vater mal mitnahm und wo so ein Schulmeister sowieso nix verloren hat.

Aber sogar da schlich doch tatsächlich ein Pauker von unserer Penne herum. Es war der Knörzerich, und mein Vater hat ihn zu einem Glas Wein eingeladen. Aber der Knörtz sagte, er ist nur zum Studienzweck hier, er benötigt das Milieu für den Französischunterricht, und ob 12 Uhr nachts für einen Untertertianer nicht schon etwas spät ist?

Da hat es ihm mein Vater aber gesteckt. Man muß dem Knaben das Leben zeigen, wie es ist, und wer in den Ferien für das Kind kompetent ist, er oder der Pauker oder wer?

So ein Pauker ist eben arm dran, überall wo er hinfährt, fährt so ein Studienrat nur wegen dem Studienzweck hin.

Da kann man nur sagen, wer heute noch ein Pauker wird, ist selbst dran schuld, meint mein Vater.

MARIA STUART †

Was machen die Pauker, wenn sie merken, daß ihnen das Bildungsmaterial knapp wird?

Sie schicken uns schnell mal ins Theater, da können wir Bildung auftanken, und zwar meistens Super. Eine Komödie darf es auf keinen Fall sein, damit wir nichts zu lachen haben, sondern was Trauriges, etwas Klassisches zum Weinen.

Ursprünglich sollten immer nur die Großen rein, aber was sollten die Knacker dann solange mit uns anfangen? Sie kriegen Freikarten und müssen deshalb alle rein. Da nehmen sie uns lieber gleich mit, es ist ein Aufwaschen, und ein bißchen Schiller mehr oder weniger kann nix schaden. Bildung braucht man nicht zu kapieren, man muß sie aber mal gesehen haben.

Deshalb sind wir also alle mit, obwohl es die Maria Stuart war, und diese erst Knaben ab Untersekunda richtig Spaß macht. Ich und Mecki haben uns aber trotzdem auf sie gefreut, weil wir unser neues Blasrohr testen wollten.

Vorher mußte uns der Blaumeier das Stück verklickern. Man darf so ein Trauerspiel nicht so unvorbereitet auf sich zukommen lassen, das kann ins Auge gehen, und dann hat man später keinen Spaß mehr an der Tragödie. Deshalb muß man vorher die Probleme schon einmal vorwälzen. Darum hat er uns die Maria genau erklärt.

Sie ist früher schon mal in der Geschichte vorgekommen, aber so hat sie dem Schiller nicht gefallen. Da hat er sie abgeändert. Er hat zum Beispiel einen Twen namens Mortimer mit eingeplant. Ich war gespannt darauf, weil auch ein Schurke darin vorkommen sollte, und vor allen Dingen eine Hinrichtung.

Es ist von vornherein selbstverständlich, daß so eine Tragödie nur im frischen Hemd mit dunklem Anzug stattfinden kann, Bluejeans sind untragbar. Wegen dem neuen Anzug hat meine Mutter zuerst gemeckert, trotzdem sie das Theater schon von der Marion her kannte; die braucht auch immer einen neuen Petti, wenn wieder ein Schiller fällig ist. Aber mein Vater hat ihr gesagt, das Theater hat über 20 Millionen Mark gekostet, wer wird sich denn da lumpen lassen und hat mir einen extra teuren Anzug gekauft mit einem Reißverschluß im Hosenlatz, weil das mein persönlicher Wunsch war.

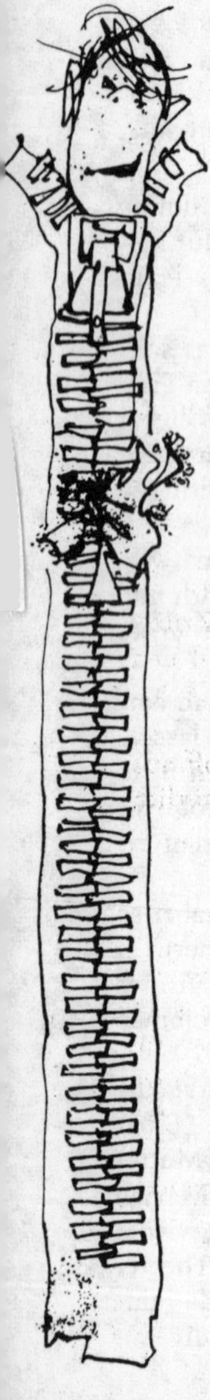

Um 20 Uhr sollte dann die Schau abgezogen werden, aber uns brauchten sie schon eine Viertelstunde früher, weil sie uns noch zählen mußten. Alle kamen im Sonntagsanzug und hatten die Ohren frisch gewaschen.

Schon in der Theatervorhalle merkte man, daß ein großes Trauerspiel mit tödlichem Ausgang anstand. Die Männer äugten alle ziemlich todernst und feierlich und standen rottenweise im schwarzen Anzug herum. Am Arm hatten sie jeweils vermutlich ihre eigene Alte. Dem Taft seine war eine Katastrophe.

Komischerweise waren die Frauen alle bunt angezogen, viele hatten oben noch einen mächtigen Ausschnitt, daß man das halbe Knochengerüst sehen konnte. Sie waren alle kein bißchen traurig. Scheinbar wollten sie nicht bis zur Beerdigung bleiben oder freuten sich, daß eine von ihrer eigenen Sorte umkommen sollte, noch dazu eine Schöne.

Kurz vor acht – ich denke an nichts Schlimmes – fängt es plötzlich wie in einer Penne an zu klingeln, daß ich zusammenfahre. Diese Methode hat mir schwer gestunken, aber zum Vergnügen waren wir ja schließlich nicht da.

Mein neuer Anzug hatte also auf meinen persönlichen Wunsch einen Reißverschluß eingebaut, da war ich ganz stolz drauf, weil ich vorher noch niemals einen hatte. Bevor es losging, wollte ich noch mal schnell auf Herren verschwinden, man weiß nie genau, wie lange die Schau dauert, und ich wollte auch meine neue Hose ausprobieren. Als ich wiederkomme, ist es dunkel und auf der Bühne geht es schon das erste Mal tragisch zu. Während ich mich durch eine Reihe quälen muß, wo fast lauter Weiber hocken, merke ich, daß mir mein Reißverschluß offen steht, in der Eile habe ich das Zumachen vergessen. Ich reiße ihn schlagartig zu, aber es geht nicht richtig, er ist scheinbar kaputt. Plötzlich komme ich auch nicht mehr von der Stelle, irgendwo hänge ich fest. Ein paar Blödmänner rufen natürlich gleich Hinsetzen! Auf der Bühne kriegen sie sich inzwischen ganz schön in die Haare, da fällt mir auf, daß der Rock von der Kleinen vor mir in meinem Reißverschluß feststeckt, da komme ich natürlich nicht von der Stelle und der Reißverschluß geht nicht auf und geht nicht zu, je nach dem, trotzdem ich mit aller Kraft reiße, wie das eben manchmal bei so Scheiß-Reißverschlüssen vorkommt. «So ein verdammter Mist», sage ich zu dem Weibsbild vor mir, da rufen wieder welche «Hinsetzen!» Aber statt dessen springt das Mädchen auf und heult: «Lassen Sie unverschämter Kerl mein Kleid in Ruhe!» Ich frage das Mädchen, wie lange sie noch mit ihrem Kleid in meiner Hosenküche bleiben will? Dazwischen rufen von hinten wieder ein paar Rüpels Ruhe oder Psst oder Hinsetzen, und auch auf der Bühne war unterdessen ein regelrechter Krawall wegen der Maria im Gange. Deswegen kommt jetzt so ein Türhüter in einer Generalsuniform angehastet, jemand schreit «Licht an» dazwischen, und der General schreit: «Raus!»

Da wird es mir zu doof, ich gebe mir mit aller Gewalt einen Ruck, irgendwas reißt hörbar kaputt, bestimmt ist das Kleid jetzt im Eimer, aber ich bin endlich frei und kann mich auf meinen Platz quetschen. Danach hielten auch endlich die Schreihälse ihren Mund, und der Generaloberst begibt sich wieder auf seinen Posten an der Tür. Auch auf der Bühne werden sie langsam vernünftig. Es hat ja erst kaum angefangen, und sie müssen sich die Schlägerei für den Schluß aufheben.

Aus diesem Grunde erscheint die Maria Stuart mit einem Kruzifix in der Hand und macht den Vorschlag, daß alle erstmal den Schnabel halten und sich beruhigen.

Da gibt es endlich einigermaßen Ruhe im Saal.

Aber ich brauchte leider eine halbe Stunde, bis ich den Stoff aus dem Reißverschluß rausgepuhlt hatte. In der Zeit habe ich natürlich nichts rechtes von dem Trauerspiel gehabt.

Der Stoff war Schiffon, und zwar rosa. –

Also in dem Stück, da hatten die Engländer die Maria Stuart gleich am Anfang geschnappt, das fand ich schon mal schlecht, warum, sie haben sich dadurch eine spannende Hetzjagd entgehen lassen und müssen die Maria in einem langweiligen Gefängnis zeigen, nur ab und zu darf sie in einem Garten ihre Runden drehen. Trotzdem sind die Männer hinter ihr her, denn sie ist eine richtige Wuchtbrumme und schreckt vor keiner Schandtat zurück. Fast jeder zweite Gentleman in dem Stück will mit ihr in Fühlung kommen, daß sie sie gar nicht alle verkraften kann. Das ärgert natürlich die Königin Elisabeth, weil sie die ganze Arbeit hat und ist trotzdem ein Mauerblümchen geblieben.

Und wie das so ist, wenn sich zwei Könige gegenseitig erwischen,

dann will natürlich einer den andern umlegen. Der Mortimer soll das z. B. für die Elisabeth machen, bei einem Auslandsaufenthalt hat es ihm ein Bischof beigebracht, und jetzt soll er die Maria abschießen, er will aber nicht, weil es unmoralisch ist, er will lieber seinen Onkel Paulet oder noch lieber die Elisabeth selber. Die Maria will er vernaschen.

Da gab es aber erstmal eine Pause, und ich war gespannt, ob sie wegen dem rosa Schiffonkleid nach mir fahnden wollten; aber ich hatte keine Angst, es war ja im Dunkeln gewesen und sie konnten doch jetzt nicht anfangen und alle kaputten Hosenlätze kontrollieren. Als es wieder zur Tragödie klingelte, hatte Mecki mit dem Blasrohr zwei und ich drei Treffer; und zwar eine Wade, einen Bekannten von meinen Eltern auf den Specknacken und das Frl. Schuckeborn auf den Hintern, links oben abgekommen. Vorher hatten wir uns an der Garderobe für 50 Pfennig einen billigen Feldstecher gekauft. Wir wollten ihn als Zielfernrohr gebrauchen, aber es war ganz minderwertige Ware. Da haben wir ihn weggeworfen.

Nach der Pause stoßen dann die Maria und die Elisabeth im Garten aufeinander, da konnte man die Weiber unter sich studieren. Sie keifen sich gegenseitig an, was sie für unanständige Mädels sind und schon von klein auf nichts getaugt haben und der Schrekken der Männerwelt sind. Aber statt daß sie sich jetzt vertragen und gründen zusammen einen einträglichen Callgirlring – statt dessen machen sie sich die Hölle heiß. Währenddem steht der Schuft Lester im Hintergrund und paßt auf, wer gewinnt. Die Maria kann erstmal ein paar Punkte sammeln, aber mehr war nicht

drin, ganz zum Schluß muß sie doch auf die Bretter, weil der Mortimer die Flucht verplant hatte.

Da war natürlich die erste Leiche fällig. Der Mortimer legt sich selber um, und zu einem anständigen Feuerwechsel kommt es nicht.

Was jetzt noch kam, war nix mehr fürs Auge, es war mehr für die Bildung, und zu diesem Zweck haben sie die Hinrichtung der Maria hinter die Bühne verlegt. Jetzt hatte die englische Königin zwar gewonnen, aber ihre Helfershelfer waren alle sauer auf sie, und als sie am Schluß die Strecke verblasen will, ist keiner mehr da.

Ich finde, so ein Trauerspiel ist eine schwache Leistung, es wird zuviel getrauert und zuwenig gespielt. Es will zwar fast jeder jeden liquidieren, aber leider geht es vor lauter Reden nicht richtig vorwärts.

Damit ich das aber auch beweise, will ich hiermit der Öffentlichkeit einen Plan vorlegen, wo man genau erkennen kann, wer in der Maria Stuart wen umlegen will oder umlegen soll, kann oder nicht mag, und wer wen effektiv umgelegt hat. Dabei sind vor allen Dingen die Markierungslinien wichtig, an denen jeder sieht, daß dieses Stück von Schiller unmöglich ein Thriller sein kann. Der Kenner geht da lieber in einen Western oder in einen Hitchcock.

Nietnagels wissenschaftlicher
UMLEGEPLAN
für Schillers Tragödie Maria Stuart

Bitte beachten!
→

Nietnagels wissenschaft=
licher
UMLEGE PLAN
für Schillers Tragödie
Maria Stuart →

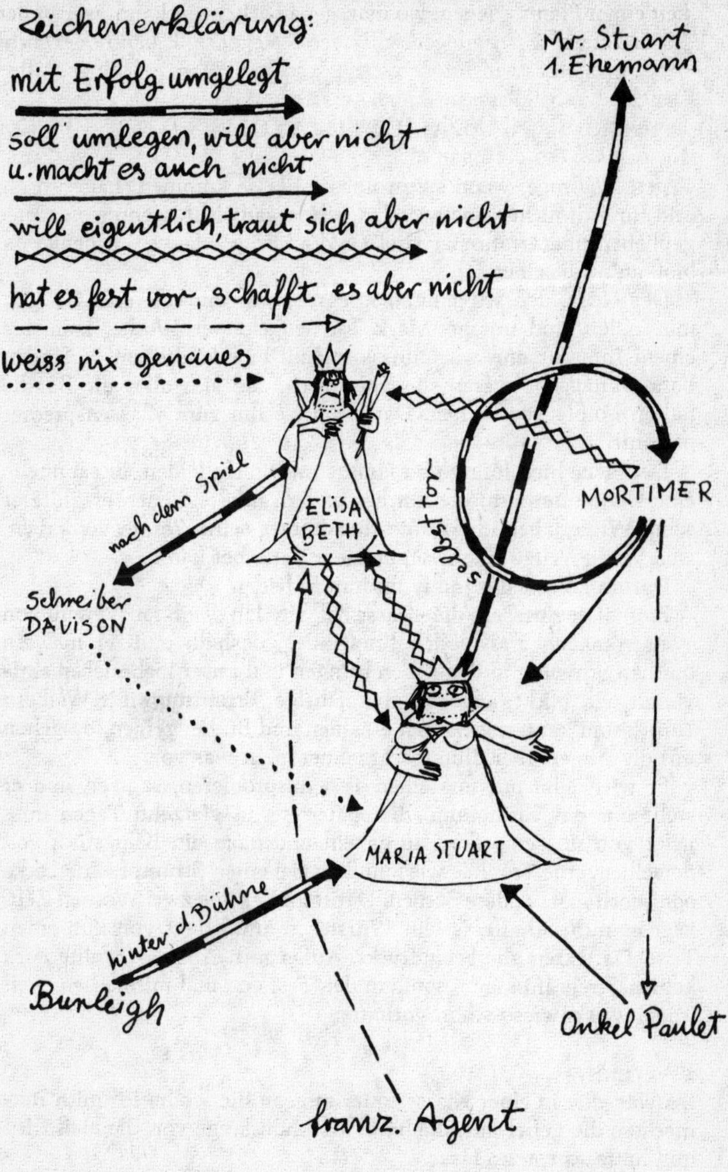
Zeichenerklärung:
mit Erfolg umgelegt
soll umlegen, will aber nicht u. macht es auch nicht
will eigentlich, traut sich aber nicht
hat es fest vor, schafft es aber nicht
weiss nix genaues
Mr. Stuart 1. Ehemann
ELISABETH
MORTIMER
nach dem Spiel
selbst tor
Schreiber DAVISON
MARIA STUART
hinter d. Bühne
Burleigh
Onkel Paulet
franz. Agent

DAS ULTIMATUM

Gegen Neulinge, wenn sie in unsere Klasse kommen, habe ich an und für sich nichts einzuwenden, schon gar nicht, wenn sie sitzengeblieben und erfahrener sind als die übrige Masse; ich denke da bloß an mich selber.

Der Neue, den wir einmal kriegten, war ein schwerer Gänger, motorisiert und mit 30 Mark Taschengeld per Woche, kam aus einem Internat und war stinkvornehm. Er erzählte am laufenden Band Witze, die waren so schweinisch, daß sich alles die Bäuche halten mußte vor Lachen. Da haben sie ihn zum Klassensprecher gewählt.

Der Neue hieß Jonny und konnte mich nicht leiden. Er sammelte eine Clique um sich, die ihn bewundern mußte, denen erzählte er seine Witze, aber ich konnte ihm immer seine Pointe verderben, weil ich die Witze schon von meinem Vater her kannte.

Darum konnte der Jonny mich nicht leiden.

Einmal meinte er, die Klasse ist ein langweiliger Verein von Waisenknaben und blöden Jungfrauen, deshalb muß er mal ein bißchen Schwung in den Laden bringen und unser Liebesleben aktivieren. Er blickt auf eine langjährige Erfahrung mit Weibern zurück und kann uns Sachen erzählen und Bücher zeigen, da gehen uns die Augen über. Ihm macht keiner mehr was vor.

Er wird jetzt mit uns einen Test ausprobieren, sagt er, und er stellt uns ein Ultimatum. Bis spätestens in vierzehn Tagen muß jeder von uns eine Frau aufgabeln und dazu ein Beutestück von derselben, eine Trophäe wie zum Beispiel einen Strumpf, eine Locke oder noch ganz andere Sachen. Dafür gibt er uns zwei Wochen Zeit. Wer es nicht schafft, ist ein Würstchen und kriegt von ihm einen Tritt. Da waren alle beeindruckt. Außer mir. Aber ich wollte noch keinen Streit anfangen, sondern den Test erst mal mitmachen, weil ich so was sowieso schon vorhatte.

1. Versuch

Da war eine in einer Klasse unter mir, an die wollte ich mich ranmachen, die gefiel mir, die hatte ich schon lange vor. Sie hieß Kitti und hatte schwarzes Haar.

Da konnte man nicht so nach Schema f vorgehen, man mußte sich schon was einfallen lassen. Aber mir fiel nix ein, vielleicht lag es am Wetter, aber bei Weibern fällt mir überhaupt selten was ein, vielleicht bin ich ein Spätentwickler. Die Kitti war in der Schwimmstaffel und trainierte jeden Tag und bei jedem Klima, da machte ich vorsichtshalber erstmal das Fahrtenschwimmen, kaufte mir eine neue Badehose, Modell Tarzan, und fragte sie, ob sie mit mir ins Kino kommt. Sie wollte wissen, ob ich vom 10 Meter springen kann. Ich sagte, selbstverständlich kann ich, aber mein Hausarzt hat es mir verboten. Da rief sie, sie muß früh ins Bett, weil sie an der Olympiade teilnehmen soll.

Nach einer Woche hatte ich das Totenkopfschwimmen, den großen Leistungsschein und eine kleine Gehirnerschütterung vom 10-Meterbrett, da ging sie endlich mit mir ins Kino.

Wie sie dann neben mir im Kino saß, roch sie nach Chlorwasser, daß ich dachte, sie ist gut für eine Goldmedaille über 200 Meter Duschen. Sie roch so desinfiziert, daß mir alle Lust verging, aber sollte meine ganze Vorarbeit für die Katz gewesen sein? In dem Film, den es da gab, saß auch einer neben einer, aber neben einer anderen, der rückte immer dichter an sie ran, und ich machte einfach alles nach, was der vormachte. Einen Arm hatte ich schon um ihren Hals und in der anderen Hand eine Nagelschere, weil ich ihr im Dunkeln eine Locke abschnippeln wollte für die Trophäe.

Ich gehe also vorsichtig mit der Schere an so ein Löckchen ran, wie ich dran bin, mache ich auf und drücke langsam aber kräftig zu.

Plötzlich quietscht sie wie vom Hund gebissen los, hopst auf und krault ganz besessen durch die Reihen nach draußen und heult bei der Platzanweiserin, daß ich sie kaltmachen wollte. Aber ich hatte sie, glaube ich, nur ins Ohrläppchen geschnitten, weil ich links so schlecht schneiden kann, das ist natürlich peinlich.

Da hätten sie mich fast verhaftet.

Also in Zukunft werde ich mich für so ein keimfreies Schwimmweib bedanken. Wer weiß, vielleicht schmeckt sie tranig.

2. Versuch
Jetzt hatte ich nur noch eine knappe Woche Galgenfrist, mußte das Wild wechseln und ganz von vorn anfangen. Weil es so pressierte, ging ich abends auf der Hauptstraße auf und ab und ließ die Weiberwelt an mir vorüberziehen. Aber mein Typ war zur Zeit nicht vorhanden.

An einer Ecke stand eine volle Blonde mit einem gewaltigen Balkon und einem lebenshungrigen Blick. Wie ich so rumgammle und sie begutachte, fragt sie mich, ob ich was Bestimmtes wollte?

Ich war ganz verlegen, daß sie es schon wußte, und fragte sie, ob sie vielleicht Feuer hätte?

Sie fragte, ob man ihr das nicht ansieht? Da rauchten wir eine zusammen und gingen ein Stück. Ich weiß nicht, was mit mir ist, ich kann mich mit Frauen nicht vernünftig unterhalten. Die war bestimmt schon über 17. Sie sagte, sie wäre 20. Ich erkundigte mich, ob sie vielleicht gut im Schwimmen ist? Da prustet sie los und fragt, ob man heute dazu Schwimmen sagt?

Auf einmal saßen wir auf einer Bank im Park. Das Mädchen hieß Bibi. Ihr Pullover war 2 Nummern zu eng, aber sonst war alles vorhanden.

Plötzlich fängt sie auf einmal an, an mir herumzumachen, an meinem Hemd und Hals und wo nicht alles, ganz hastig und ohne Vorwarnung, daß ich total geplättet bin. Ich denke, vielleicht ist sie nicht geimpft oder aus der Klapsmühle entwichen, man hört so allerhand. Ich springe auf – Bibi ebenfalls –, da wird mir unheimlich, ich haue ab, im Laufschritt, ohne Gruß und Kuß, überhaupt ohne alles, vor allem ohne Trophäe.

Dafür behielt Bibi meinen Schlips und rief was hinter mir her. Aber ich bin doch froh, daß ich rechtzeitig verduftet bin, ich wette, sie hatte eine kleine Laufmasche im Gehirn.

Und mit dem Jonny werde ich schon noch fertig.

Als die zwei Wochen rum waren, versammelte der Jonny seine Leute um sich und ließ sich das Beutematerial vorweisen und hörte sich die Tatberichte an. Aber was da so zusammenkam, das dachte ich mir schon vorher, war ärmlich und erbärmlich. Welche hatten einen Füllhalter oder ein Tagebuch abgestaubt und erzählten dazu eine wüste Story, jemand hatte ein Foto mit Widmung, einer von seiner Tante das Nachthemd. Aber was richtig Sensationelles war nicht dabei.

Nun wollte der Jonny ganz hämisch von mir wissen, was ich

ihm anzubieten hätte, oder ob die Weiber mit mir vielleicht Hoppehoppe Reiter gemacht hätten?

Da zog ich aus meiner Hosentasche ganz umständlich einen schwarzen Markenbüstenhalter mit Spitzenbesetzung heraus und hielt ihn triumphierend in die Runde.

Da staunten sie vielleicht.

Nur der Jonny war mißtrauisch und wollte alles ganz genau wissen. Ich verkündete, ich hätte diesen Büstenhalter dem Fräulein Studienreferendarin Schuckeborn im Nahkampf abgenommen und warf dem Jonny die Reizwäsche um die Ohren.

Da lachten sie alle.

Nur der Jonny lachte nicht, er wurde blaß und ging mit geballten Fäusten auf mich los.

Auf diesen Moment habe ich schon lange gewartet. Einmal habe ich einen Fernkursus für Body Building und Selbstverteidigung mitgemacht, deshalb landete mein erster Schlag ganz vorschriftsmäßig auf dem Jonny seinem linken Auge und kam bei mir aus der Hüfte, und die Faust war ein bißchen nach innen gedreht, wie es sich gehört. Der zweite Schlag ging beim Jonny in die Magengrube. Das habe ich auch gelernt, daß der Magen über der Gürtellinie liegt; dort liegt er ganz ungeschützt da und ist trotzdem erlaubt. Darum habe ich mir den Magen von Jonny erlaubt, daß er ganz grün im Gesicht wurde und mich in Ruhe lassen mußte.

Er glotzte mich noch tagelang mit dem rechten Auge an, das linke hatte geschlossen. Und in der Klasse war er von da an abgemeldet.

Der BH war von der Marion, aber das bleibt unter uns.

DIE AUFKLÄRUNG FINDET IN ALLER STILLE STATT

Meine Schwester Marion hat erzählt, sie sind aufgeklärt worden und wir kommen auch bald dran, der Minister hat es befohlen.

Da haben die Eltern schnellstens eine Elternversammlung zusammengetrommelt und haben gerufen, daß wir Buben und Mädchen aufgeklärt werden müssen, wie alles im Leben ist, vor allem mit dem Sexus.

Sie diskutierten, wer es machen soll. Ein paar Eltern rufen, es ist

„Wie hast denn du deinen alten Herrschaften bei der Aufklärungsarbeit geholfen?"

eine hohe Verantwortung, darum müssen es die Lehrer machen. Aber die Pauker haben sich nichts gefallen lassen. Sie wollen, daß die Aufklärung in aller Stille stattfindet und nicht auf dem Schulgelände, sondern unter vier Augen, z. B. von Mensch zu Mensch auf einem Spaziergang. Ein paar andere Eltern haben dazwischengerufen, warum man unbedingt immer alles Neumodische mitmachen muß, sie sollen uns lieber mal richtig rechnen beibringen, und in der Bibel steht auch nichts davon.

So haben sie sich hin und her gestritten. Erst am Ende haben sie sich geeinigt, daß sie einen Doktor bestellen wollen, der es schon richtig kann, der soll uns alles zeigen. Aber die Eltern und lieben Kollegen müssen uns schon ein bißchen vorbereiten, damit es nicht zu plötzlich kommt.

Am nächsten Tag ist unsere Biologielehrerin ganz flatterig. Sie redet komisches Zeug daher, was kein Mensch versteht. Im Biobuch ist nämlich einer abgemalt, bei dem man nicht erkennt, ob es ein Männchen oder ein Weibchen ist, damit sich keiner zu schämen braucht. Dazu sagt die Biologielehrerin: Dies ist nur ein Neutrum, aber so einfach ist das Leben nicht, und wird ganz rot. Ich sage: «Fräulein, Sie müssen mal ins Kino gehn, z. B. ‹Sonntags nie›, da können Sie sehen, wie schwer das Leben ist.»

Am nächsten Tag sollte ich dann zu Hause aufgeklärt werden. Wie ich am Schlüsselloch horche, jammert meine Mutter, sie hätte alles vergessen, und mein Vater brummt, er hätte keine Zeit. Aber Mutter sagt, du mußt ihm erstmal erklären, wie es die Vögel machen, das ist anständig und stimmt trotzdem.

Am Nachmittag ruft mich mein Alter mit einer verlegenen Miene und druckst und sagt, er muß mir etwas mitteilen. Ich tröste ihn und sage, nur raus mit der Sprache, mir kann er ruhig alles anvertrauen, ich sage es niemand weiter. Aber er antwortet, es ist nicht das, woran ich denke, sondern er wird es mir von Mann zu Mann in aller Stille erzählen, auf einem Spaziergang unter vier Augen.

Da hat er mich dann gefragt, ob ich noch weiß, wie wir damals in Paris den Film gesehen haben? Ich sage, es ist und bleibt meine schönste Erinnerung an die Ferien. Und ob ich noch weiß, was die da in dem Film gemacht haben? Ich sage, es wird mir unvergeßlich bleiben, schon rein von der Belichtung her. Da meint mein Vater, er hätte ein schlechtes Gewissen, warum, ich war damals noch zu jung dafür, weil es nämlich dasselbe war, was die Vögel immer machen. Einmal mußte er mir es ja sagen, und ich wäre jetzt reife-

„Alles Schwindel mit dem Klapperstorch!“

mäßig so weit, daß ich es verkraften kann. Darum sagt er es mir erst jetzt und legt mir noch einen Leitspruch von Goethe ans Herz, dem großen deutschen Dichter, welcher lautet: *reif werden und rein bleiben.*

Danach hat er mir noch ein paar Witze erzählt, und wir haben zusammen ein Bierchen getrunken. Zu Hause hat mich meine Mama nicht anschauen können, weil ich jetzt alles wußte.

Jetzt bin ich nur gespannt, was uns der Doktor noch anzubieten hat.

MAN MÜSSTE MAL

Ist der Mensch gesund, so sehnt er sich nach einer Grippe, wo er in aller Ruhe die Lateinarbeit nicht mitzuschreiben braucht. Ist er dann aber krank, so ist auch das wieder nichts, sondern alles anders, er ist unzufrieden und hält es im Bett nicht aus. So ging es mir.

Ich hatte mich so auf die Grippe gefreut. Statt dessen kriege ich eine richtige Krankheit. Und was für eine! Mit einem Namen, den kann man gar nicht weitersagen, der ist eher ein Spitzname für einen Pauker als eine Krankheit, nämlich Ziegenpeter.

Und in diesem lächerlichen Zustand, was soll ich da tun? Ich gehe in mich, denke über mich nach und erkenne mich selbst. Und dabei fällt es mir wie Schuppen von den Augen, glasklar wird mir auf einmal alles, was ich von mir selber weiß:

Ich kann mir nicht helfen, spreche ich zu mir, ich finde mich gut! Und was noch besser ist, ich bin erst im Kommen!! Mein Leben, rufe ich mir zu, ist noch nicht gelebt, es ist noch alles drin, ich bin zu manchem fähig. Ich werde die Leute noch zum Staunen bringen, das steht fest.

Ich werde mal was machen!

Ich werde mal was ganz Enormes, Einmaliges, Phänomenales werde ich mal machen, daß denen die Augen übergehen. Ich werde eines Tages auf den Tisch springen und eine Rede halten, die das Volk zum Kochen bringt.

Was werde ich sagen? Freunde, werde ich schreien, wie lange wollt ihr euch noch verhackstücken lassen? Wie lange wollt ihr noch mit der geballten Faust in der Tasche knirschen?? – Und dann werde ich sie anheizen und aufreizen, daß die Menge über den Schulhof brodelt, auf die Straße geht und nach Blut schreit.

Das wäre was.

Und dann müßte man eine Untergrundbewegung gründen, mit Guerillatrupps an allen Schulen, Plastikbomben in jedem Pult und allen Drähten in meiner Hand. Und dann einen LKW kapern und einen Studienrat kidnappen, wie damals der Fidel Castro den Fangio, daß das Volk mit den Ohren schlackert und aufjubelt.

Und dann müßte man ganz systematisch vorgehen. Waffen verteilen, Marschverpflegung – und dann auf mein Kommando Angriff von allen Seiten, Überrumplungstaktik aus allen Löchern, Gewehrsalven, Handgranaten, und die entnervte Paukerschaft ergibt sich nach kurzem Widerstand. Das wäre eine Schau.

Und dann der Schauprozeß gegen die Scharfmacher und gegen die Krachmacher. Und dann ein Faß anstecken und sich wählen lassen und dann dem Volk zum Glück verhelfen, Einheit in Freiheit und so, Fortschritt, Wohlstand, Macht und Frieden ...

Das müßte man mal machen.

Man müßte mal gurgeln und die Halswickel wechseln, sagt meine Mutter.

Verdammtes Elend!

TRÄNEN FÜR DEN KNÖRZERICH

Was der Jonny für ein Heini ist, habe ich schon früher erzählt.

Einmal kam er nach der Schule mit einem Tränengasrevolver an, ließ ihn um den Finger wirbeln und gab eine ungehörige Stange an: Jetzt sollte mal einer kommen, rief er, jetzt knallt er jeden ab, wenn einer kommt und was von ihm will. Und dabei schielte er mich an, als wenn ich was von ihm gewollt hätte.

Aber ich hatte im Moment gar nichts mit ihm vor, ich spuckte nur kurz auf die Erde und sagte, trauen tut er sich ja doch nicht.

Da hielt er die Kanone an die Hüfte, mit der Mündung auf mich, und rief: *Wer* traut sich nicht?? *Er* traut sich schon, *ich* traute mich nicht. – Ich sagte: Von mir ist nicht die Rede, aber wenn ein Mensch ein Schießeisen hat, dann muß er nicht prahlen, sondern damit schießen und nicht warten, bis einer kommt und was von ihm will; das ist doch logisch.

Der Jonny sagte: Wann es soweit ist, das bestimmt er – und wenn ich eine falsche Bewegung mache, dann werde ich schon merken, wann es soweit ist – aber momentan hat er keinerlei Grund, von der Schußwaffe Gebrauch zu machen, deshalb will er den Revolver erst mal wieder einstecken.

Ich sagte, einen Grund hat man immer, wenn man Mut hat, es gibt genug Leute, die es verdienen; wie wärs mit einem Pauker, ich denke da an den Knörtz, der noch ungestraft herumläuft, obwohl er den Jonny einen nassen Waschlappen genannt hat, weil der Jonny nicht über den Kasten springt. Aber der Jonny, sage ich zu den anderen, ist einer von denen, die «doof» an die Häuser schmieren, mehr traut er sich nicht, da wette ich eine Flasche Aquavit.

Da geben mir die anderen recht, weil sie etwas wittern und den Jonny gern hochbringen wollen, und der Jonny wird auch prompt krebsrot und wirft mir das Ding zu und ruft, ich sollte doch den Knörtz abschießen, wenn ich wollte.

Ich werfe ihm das Ding zurück und sage: Wer spricht von mir? *Ich* habe schon oft genug für andere meinen Kopf hingehalten, ich habe genug geleistet, warum soll ich immer die Kastanien aus dem Feuer holen? Wem sein Ding ist das eigentlich? Wenn die Waffe

„So darf ich doch mit Stolz behaupten, mei=
ne Jungs gehen für mich durch..."

mir gehörte, so wahr ich Nietnagel heiße, ich kenne mich und der Knörzerich sollte mich kennenlernen ... aber das einzigste, was ich zur Zeit für ihn tun kann, ist, daß ich ihm zeige, wo er es machen kann.

Da haben die anderen dem Jonny zugeredet, ihn geschubst, so daß er am Abend mit seinen zwei Freunden, dem Muchow und dem Zirn, auf meine Bude gekommen ist, wo ich den Aquavit rumgehen ließ und dem Jonny die Ecke erklärt habe, wo er es machen kann, weil der Knörtz da um zehn Uhr seinen Hund ausführt. Dort kann er denselben zusammen mit seinem Vieh bequem eingasen, dann brauchen wir uns drei Tage nicht anbrüllen zu lassen – und er, der Jonny, wie steht der Jonny dann vor uns allen da?

Darauf tranken wir noch einen Aquavit, und die drei Prahlhänse kriegten glänzende Augen, hauten sich auf die Knie und wieherten, das wird gemacht, chemische Kriegführung, das war noch nie da, das wird was ganz Sensationelles, da werden seine Enkel noch von sprechen. – Sie malten sich aus, wie der Knörzerich mit seinem Köter um die Wette flennen wird, und der Jonny zog ganz aufgeregt an seiner Zigarette und schrie, er macht es, jawohl, wenn wir mitgehen, dann macht er es und zeigt es uns, wie man es macht.

Ich rufe dem Jonny zu, das ist ein guter Einfall, der könnte von mir sein, und es ist mir verdammt ärgerlich, daß ich heute leider nicht mitgehen kann, weil wir Besuch haben; aber er wird das Kind schon schaukeln, so wie er gebaut ist ...

Und weil es draußen schon stockfinster war, und weil meine Mutter an die Zimmerdecke klopfte, und weil die Stimmung gerade so schneidig war, da brachen sie auf, den Revolver im Anschlag, und wollten dem Knörzerich um 22 Uhr am Eschheimer Hang den Garaus machen.

Die drei lärmten los in die Kälte, und an der zweiten Straßenecke – das hatte ich mir schon gedacht –, da überkam es plötzlich den Muchow, er sagte, er ist doch nicht plem plem, er vergreift sich doch nicht am lebenden Menschen, und verduftete und ließ die zwei im Dunkeln allein ...

Da waren sie froh, daß sie den Feigling los waren, und ganz plötzlich tauchte der Knörtz mit Köter vor ihnen auf, lief ihnen direkt in den Revolver hinein. Der Hund knurrte bösartig, da heißt es blitzschnell handeln, deswegen fragt der Zirn den Knörtz ganz kaltblütig und mit verstellter Stimme, wo es hier zur Straßenbahn geht, hustet und verschwindet und ward nicht mehr gesehn.

Da hat der Knörtz den Jonny erkannt, seine Bommerlunder Fahne gerochen und ihn angefahren, was er als Jugendlicher hier zu suchen hat und was er außerdem da in der Hand hält...?

Eine Wasserpistole, stottert der blöde Jonny vor Angst. Da schnappt sich der Knörzerich die «Wasserpistole», hält sie dem Jonny vor die Nase und schnarrt: Da wolln wir den Herrn mal zur Ernüchterung bringen! Der Jonny schreit: Nicht, Herr Studienrat...! Papperlapapp, tönt der Knörtz, ein deutscher Junge zittert nicht, wenn wir in Rußland immer nach unseren Studienräten geschrien hätten, wo ständen wir dann jetzt?? – Er hält den Jonny am Schlafittchen fest und ruft: Ruhig zielen ... Druckpunkt nehmen ... *Nicht!!* schreit der Jonny, PENG!! schießt der Knörtz dem Jonny das Tränengas in die Visage, daß er wie ein Häufchen Unglück mit den Händen vor den Augen an die Hecke torkelt, und das Hundevieh kommt noch von hinten und zerreißt ihm die Hose, bis die Leute zusammenlaufen.

Der Knörtz ist total versteinert gewesen und hat den Revolver wie eine heiße Kartoffel fallen gelassen.

«Lieber Gott», hat er geschrien, «er stirbt...»

Aber der Jonny ist nicht gestorben. Er ist nur achtundvierzig Stunden kampfunfähig gewesen, und es hat einen Riesenskandal gegeben.

Angezeigt haben sie den Knörtz wegen groben Unfugs mit Körperverletzung und nächtlicher Ruhestörung, daß seine Frau einen Weinkrampf bekam. Aber der Knörzerich hat sich entrüstet. Das Gas, hat er behauptet, lag nicht in seiner Absicht, und der Schüler hatte ebenfalls getrunken. Na ja, mir soll es recht sein; ich hatte mir's ja anders gedacht, aber so herum ist auch schön.

Man schießt eben nicht auf junge Menschen, auch nicht im Spaß, sagt meine Mutter.

»Mein Lieber, ich fürchte du gehst zu oft in Wildwestfilme!«

SCHÜLERAUSTAUSCH

Im Sommer kommt wieder die große Schüleraustauschwelle, und meine Schwester Marion, 17, ist ganz wild darauf. Sie will auch endlich ihren Ausländer haben, und zwar einen Franzosen, und zwar aus Paris.

Aber mein Vater sieht nicht ein, wozu sie jetzt schon einen Ausländer braucht. Sie hat ihr deutsches Elternhaus, hat ihren deutschen Freundeskreis und ihre Fünf in Französisch. Da soll sie mit zufrieden sein, denn die Franzosen, ruft mein Vater, hat er ein für alle Male kennengelernt, sie sind ein dekadentes Volk. Er war 1940 in Paris, da hat er es gesehen. Und dann noch mal 1960, da war es noch viel schlimmer.

Aber einen Engländer, schlage ich meinem Vater vor, einen Engländer könnte man vielleicht mal ausprobieren?

Über die Engländer, sagt mein Vater, weiß man nichts Genaues. Er war noch nie in England, will auch gar nicht hin, darum soll ich mir ruhig einen Austauschengländer bei der Schule bestellen, wenn ich unbedingt will.

Pah, lacht meine Schwester Marion, sie hat gehört, die Engländer sind unappetitlich und haben Plattfüße wie Charly Chaplin.

Charly Chaplin ist ein Amerikaner, du Rindvieh, sage ich.

Er ist ein jüdischer Mensch, sagt mein Vater.

Er ist ein Schweizer, sagt meine Mutter, und hat dort mit 80 Jahren noch was Kleines gekriegt.

Da kann man wieder mal sehen, sagt mein Alter. Aber jetzt ist Schluß damit, ruft er, ein Engländer, ja. Ein Franzose – nein. Höchstens eine Französin, das wäre ein Gedanke, die würde er nehmen, aber einen Franzosen? – auf gar keinen Fall.

Da hat die Marion angefangen zu heulen, weil sie schon ein Foto von einem Franzosen hat, ein schwarzer mit Locken, den will sie haben und darum geht sie sich beim Stockhase beschweren, welcher das Austauschverfahren unter sich hat.

Der Stockhase ist noch ein Jungpauker. Er schäkert mit den Mädchen auf dem Schulhof, trägt spitze Schuhe und eine rote Weste mit Parfüm. Er gibt Franz und Englisch, und wir haben ihm einmal einen alten Handkäse unters Pult genagelt. Nun ist die Marion zu ihm gerannt, und als sie nach einer Weile nach Hause kam, hat sie gepfiffen und gesagt, der Stockhase hat sie überzeugt, sie braucht gar keinen Franzosen, es geht auch so und sie kriegt eine weibliche Pariserin angewiesen. – Da wars mein Alter zufrieden. Obwohl der Norden, meinte er, der skandinavische Bereich immer zu kurz kommt, eine Schwedin z. B. wäre auch nicht zu verachten ... Jetzt ist es aber genug, rief da meine Mutter, an mich denkt keiner, ich darf immer nur kochen ...

Eines Tages, ein halbes Jahr später, gegen 3 Uhr sollte der Zug mit den Engländern kommen. Mein Engländer sollte David heißen, und ich war sehr gespannt, weil ich keine Ahnung hatte, wie so ein Inselmensch aussieht. Wahrscheinlich ist er dick wie Churchill und hat eine Flasche Whisky durchgeschmuggelt. Oder er ist lang und hat einen karierten Anzug.

Als der Zug dann am Bahnsteig hielt, kletterten die Engländer umständlich aus den Wagen. Sie hatten alle miteinander grasgrüne Jacken an und guckten ganz gespannt zu uns herüber, als wenn sie keine Ahnung hätten, wie so ein Deutscher aussieht. Ihr Lehrer hatte ebenfalls eine grasgrüne Jacke an und schenkte dem Stockhase eine Flasche durchgeschmuggelten Whisky. Ehe der Stockhase was sagen konnte, kamen ein paar Reporter und fragten ihn, was er dazu zu sagen hätte?

Der Stockhase räusperte sich und reckte seinen Kopf und rief, Versöhnung, Völkerverständigung, Europa, Freundschaft und Frieden und so.

Darauf fragten sie den englischen Pauker, was er dazu zu sagen hätte? Der Engländer sagte, a porter, a taxi, and a cup of tea, please.

Danach sah ich meinen David. Er war lang und dürr und hatte ebenfalls eine grasgrüne Jacke an mit einem goldenen Wappen auf einer Seite, welches lange nicht mehr angenäht worden war, sowie einen großen Fettfleck auf der anderen Seite. Aber sonst war er ganz mager.

Als wir später dann mit dem David um den Abendbrottisch herumsaßen, starrten wir ihn alle an. Der David starrte die Bratwurst an, und man konnte sehen, daß seine Zähne vor Schreck ganz durcheinander standen. Als er fertig war, starrte er auf die Marion.

Mein Vater wollte auch etwas sagen und fragte ihn: Sprechen Sie Deutsch?

Der David guckte mich an und fragte: What?

Ich sagte: Do you speak german?

Da sagte der David: Yes, of course.

Das fand ich schon ganz gut, wenn man bedenkt, daß so ein Engländer von Natur aus ein vornehmer Charakter ist und nicht mit jedem spricht. Danach mußte er uns von den englischen Sehenswürdigkeiten berichten, wie z. B. Scotland Yard, Prinzessin Margret sowie den wertvollen historischen Wachsfiguren im Buckingham-Palace.

So ging der Abend schnell herum.

Ein paar Tage später kam dann auch der Zug aus Paris mit lauter Franzosen und Französinnen. Da war natürlich der Bahnsteig voll von Menschen, alle wollten sie was sehen, und wenn eine besonders schicke Französin vorbeikam, riefen alle «Ahhh», und mein Vater war auch auf dem Bahnsteig.

Unsere hieß Nicole und war die Schönste von allen. Sie war eine ganz smarte Hummel. So etwas gibt es bei uns überhaupt nicht. So was habe ich überhaupt noch nicht gesehen, und als wir dann später mit der Nicole um den Abendbrottisch herumsaßen, mußten wir sie alle angucken. Auch mein Vater guckte sie immer an und rief ganz eifrig, er war auch schon mal in Paris, o la la, und später

noch einmal, o la la la, dort schlagen die Wellen der Lebensfreude hoch und ob er ihr noch eine Tasse Tee machen soll?

Aber meine Mutter rief, er soll lieber an seine Herzverfettung denken. Den Tee kann sie selber. Auch der David hat jetzt statt der Marion immer die Nicole angeguckt, und diese die Kochwurst auf dem Teller. Nur die Marion guckte an die Decke, weil sie eingeschnappt war.

So ging der Abend schnell herum, bis sich die Nicole bedankte und auf ihr Zimmer zu ihren fünf Koffern ging.

Da hatten wir auch alle keine Lust mehr und gingen auch alle auf unser Zimmer.

In den nächsten Tagen klingelte dauernd das Telefon, der Jonny rief an und der Benno Rübel: Wie es der Französin geht, und ob sie vielleicht mal . . .? – Der Französin, sagte ich, geht es danke. Sie ist in festen Händen, und sie können sich das Telefongeld sparen.

Auch der Stockhase rief an; da wußte ich, was los war. – Der Französin, sagte ich, geht es blendend. Sie ist in besten Händen und er soll sich keine Sorgen machen.

Einmal gab es einen bunten Abend mit Ringelpietz und Anfassen und hinterher großen Rabbatz und Geschwofe. Da mußte ich höllisch aufpassen, ob vielleicht einer was mit der Nicole wollte. Auf einmal kam sie zu mir gelaufen und kicherte, daß der Stockhase nachher spazieren geht, um nach frischer Luft zu schnappen, da soll sie mit ihm kommen, weil er sich mit ihr über französische Lyrik unterhalten muß, und zwar am Kriegerdenkmal im Park.

Und der Benno Rübel, hat sie geflüstert, hat sie ebenfalls bestellt, und um dieselbe Zeit und ebenfalls am Kriegerdenkmal. Das wird ein Spaß, da hat sie zwei Deutsche auf einmal, ist das nicht merveilleux? Ich bin ihr brüderlicher Freund und soll ihr sagen, wo das Kriegerdenkmal ist...

Das hat sie mir ganz dicht ins Ohr geflüstert, daß es mich bis im untersten Wirbel kitzelte: deshalb habe ich ihr erklärt, wo das Kriegerdenkmal ist, damit sie glücklich war.

Daraufhin zog sie ab.

Aber ich bin doch nicht blöd. Ich lasse mich so schnell nicht ausmanövrieren. Wir haben zum Glück jede Menge Kriegerdenkmäler in unserer Stadt, weil wir alle paar Jahre einen Krieg mit Frankreich hatten – deshalb habe ich sie zu einem anderen Denkmal hingeschickt. Dort kann sie warten und an die Deutschen denken.

Ich aber habe mich zum richtigen Denkmal im Park geschlichen, wo sich die Pärchen immer treffen, und habe mich dort im Dunkeln versteckt.

Es dauert auch nicht lang, und der Stockhase kommt angeschlichen, äugt vorsichtig herum und flüstert: «Mademoiselle Nicole?» Ich mache ganz leise «Qui, Qui», darauf geht er auf Zehenspitzen ums Denkmal herum. Dann bleibt er stehen und haucht «Hallo?» Ich pfeife «Alouette», da kommt er wieder links ums Kriegerdenkmal herum und sagt «Kleiner Schelm». Aber ich sage gar nix – ich verstehe nix von französischer Lyrik – deshalb sucht er jetzt ein Stück in die Hecke hinein, und ich verstecke mich auf der anderen Seite. Von dort sehe ich den Rübel herankommen, er schleicht ebenfalls und glotzt angestrengt umher und ruft ganz leise: «Chérie?»

Da pfeift jemand auf der anderen Seite zärtlich «Alouette», und es kommen Schritte ums Denkmal. «Aha, da ist der Schäker», flüstert der Rübel ganz süß und schnalzt mit der Zunge und drückt sich an die Mauer. Er will sie scheinbar von hinten überraschen, da wird sich chérie aber freuen.

Währenddessen kommt der Schatten von Stockhase näher – sein Parfum ist schon zu riechen –, er pfeift noch mal kurz und macht zwei schnelle Schrittchen... «Nun hasch ich dich», flötet der Rübel und huscht auf den Stockhase zu, daß es einen sanften Zusammen-

GOTT STRAFE

prall gibt, Backe an Backe, und eine zärtliche Schrecksekunde, bis daß der Groschen fällt und sie merken, was sie sich eingefangen haben.

Da starren sie sich nur noch an. Sie können es gar nicht fassen und bringen vor Entsetzen kein Wort hervor.

Auch mir verschlägt dies die Sprache, erschüttert gehe ich zwischen den beiden hindurch, schüttele den Kopf und schaue sie strafend an.

Aber ich habe jetzt keine Zeit zu verlieren. Ich muß zum Denkmal von 14/18, zu einem dringenden Rendezvous, denn das habe ich mir verdient. Dort wird die Nicole noch sitzen, hoffe ich, und auf einen von uns warten.

Aber wie ich ans Denkmal komme, trifft mich der Schlag. Ich sehe, wie die Nici mit dem David um die Ecke verschwindet und wie sie sich dabei an seinen Fettfleck schmiegt. Da sinke ich zähneknirschend auf die noch warme Bank: Foul Play!!

«Gott strafe England», steht auf dem Denkmal.

LASSET UNS BETEN

Unser Religionslehrer, Herr Kaplan Anton Nogler, ist traurig.

Wir Kinder, sagt er, haben keine Ehrfurcht und keinen Respekt mehr. Gehorchet euern Lehrern, ruft er, und seid euern Eltern untertan, Lukas 2 Vers 53. Sie sollen euch in den Himmel führen und gehen euch mit gutem Beispiel voran, zum Beispiel?

Sie gehen uns z. B. mit gutem Beispiel in die Kirche voran, ruft die Lydia. – Richtig. – Sie haben früher den Adolf Hitler gewählt, sage ich. Mal sehn, was er sagt.

Da haben wirs, ruft der Nogler, dies ist ein ehrfurchtsloses Beispiel; die wenigen Eltern, die es damals taten, haben schwer geirrt, wie wir alle wissen.

Ja, aber wieso sollten sie das damals wissen?, will der Mecki wissen.

Sie konnten einen klugen Menschen um Rat fragen, den Vater, den Lehrer oder am besten den Pfarrer.

Das hat mein Vater ja auch gemacht, er hat seinen alten Vater gefragt, sage ich.

Das war an und für sich richtig von deinem Vater, sagt Kaplan Nogler.

Ja und mein Großvater hat gesagt, wenn der Hitler kommt, gibt's Krieg.

Das hat er in der Weisheit seines Alters vollkommen richtig gesehen, wie wir alle wissen, meint Kaplan Nogler.

Ja, aber dann hat er gesagt, der Krieg belebt unser Schrottgeschäft, also her mit dem Hitler!

Das war aber nun ganz und gar nicht richtig, sagt der Nogler entrüstet.

Das hat sich mein Vater ja auch gedacht und sich an seinen alten Lehrer gewandt.

Da hat er sich an und für sich sehr richtig verhalten, meint Kaplan Nogler.

Aber dieser Lehrer war einer von einer Linkspartei, sage ich.

Das war nun wieder nicht richtig von deinem Vater, ruft der Nogler, statt zu einem Roten hätte er sich lieber gleich an einen Geistlichen wenden sollen.

Ja, aber der Lehrer hat ihm doch gesagt, er dürfte auf gar keinen Fall den Hitler wählen.

Das war natürlich an sich ganz richtig von dem Lehrer, sagt Herr Nogler.

Ja, der hat ihm gesagt, der Hitler ist ein verkappter Pfaffe und steckt mit diesem unter einer Decke, sage ich.

Das war natürlich völlig unrichtig, wie wir alle wissen, ruft der Nogler empört, das ist eine üble Nachrede von diesem Lehrer.

Da bin ich ja froh, daß mein Vater nicht auf ihn gehört hat, sondern ist zu einem Geistlichen gegangen. –

Das war nun endlich sehr richtig von ihm, das hätte er lieber gleich tun sollen.

Dieser Pfarrer hat ihm gesagt, daß der Hitler die Bolschewisten bekämpft.

Das ist natürlich geschichtlich vollkommen richtig, meint der Kaplan Nogler, das hat der Hitler auch tatsächlich getan, wie wir alle wissen.

Ja, dann wäre es aber doch viel richtiger gewesen, wenn wir den Krieg gewonnen hätten statt verloren, wenn dadurch der Bolschewismus erledigt worden wäre, sagt der Mecki.

Ja, an und für sich ist das nicht unrichtig ...

Ja, dann hätte mein Vater also doch den Hitler gedurft, wenn wir den Krieg gewonnen hätten, rufe ich.

Nein, das hätte er auf keinen Fall dürfen, wie wir alle wissen.

Ja, aber der Pfarrer hat ihm doch ausdrücklich erlaubt, daß er den Hitler wählen darf – da kommt man ja vollkommen durcheinander, sage ich.

Es war aber trotzdem nicht richtig, ruft der Kaplan Nogler ganz verzweifelt, damals konnte selbst ein Geistlicher einmal die Übersicht verlieren, wie wir alle wissen.

Ja, aber an wen muß man sich denn da wenden wegen der richtigen Übersicht, will der Mecki und der Grendel und alle anderen wissen.

Nun wollen wir beten, sagt da der Kaplan Nogler, weil die Stunde vorüber ist.

DIE MAUER

An der Schule, wo ich zuerst war, hatten wir mal einen, der hieß Martin Maus. Der Klassenlehrer hat ihn neben mich gesetzt, er sollte auf mich aufpassen, warum, der Nietnagel hat einen Schelm im Nacken und ist ein Tunichtgut.

Der Maus war nur klein und mickrig. Ich habe ihn gefragt, wer für ihn kocht, dann habe ich ihn umgestoßen und ihn gefragt, wie es ist, wenn er auf mich aufpaßt.

Aber später hat man gemerkt, daß er ein ganz prima Macker ist, und er hat mir erklärt, wie man eine Sprengladung machen muß. Da war er mein Freund, und ich habe aufgepaßt, daß ihn keiner umstößt oder blöd redet, weil er von einem evangelischen Pfarrer der Sohn ist. Und er macht Latein für mich, für ihn macht es sein Alter.

In der Religion haben wir einen Kaplan gehabt, der war auf Draht. Z. B. ist er mit uns spazierengegangen und hat Steine über den Fluß geworfen, wer am weitesten kommt. Gebetet hat er auch und war richtig fromm, aber nicht so viel wie nachher die Bösl. Überhaupt war er ganz prima und ein vernünftiger Mensch. Da hat er eine andere Stelle gekriegt, wo sie so einen brauchten, und wir die Josefa Bösl als Vertretung.

Wenn wir Reli haben, bleiben wir in der Klasse, und die Evangelischen gehen in den Kartenraum, weil sie nur neun sind. Einmal hat die Josefa Bösl auf den Sitzplan geäugt und gesagt, ich soll nachher mal zu ihr kommen.

Da hat sie ganz heilig geguckt und gefragt, ob ich es mit dem Gewissen vereinbaren kann, daß ich neben dem Sohn von einem protestantischen Pfarrer sitzen tue. Da war ich zuerst ganz verdattert und wußte nichts. Aber dann habe ich mir die Josefa erst einmal im Nachthemd oder ganz ohne was vorgestellt, nur das Kettchen mit dem Kreuz durfte sie anbehalten. Ich mußte grinsen, weil sie eine unheimliche Maschine ist und eine Figur hat, wo sich vorne die Primaner und hinten die Sextaner unterstellen können, wenn es regnet. Ich sage ihr, ich verstehe es auch nicht, warum der Martin nicht katholisch ist, sonst ist er doch ganz prima. Zu Hause habe ich es dem Martin erzählt. Da gab es einen Krach im Eltern-

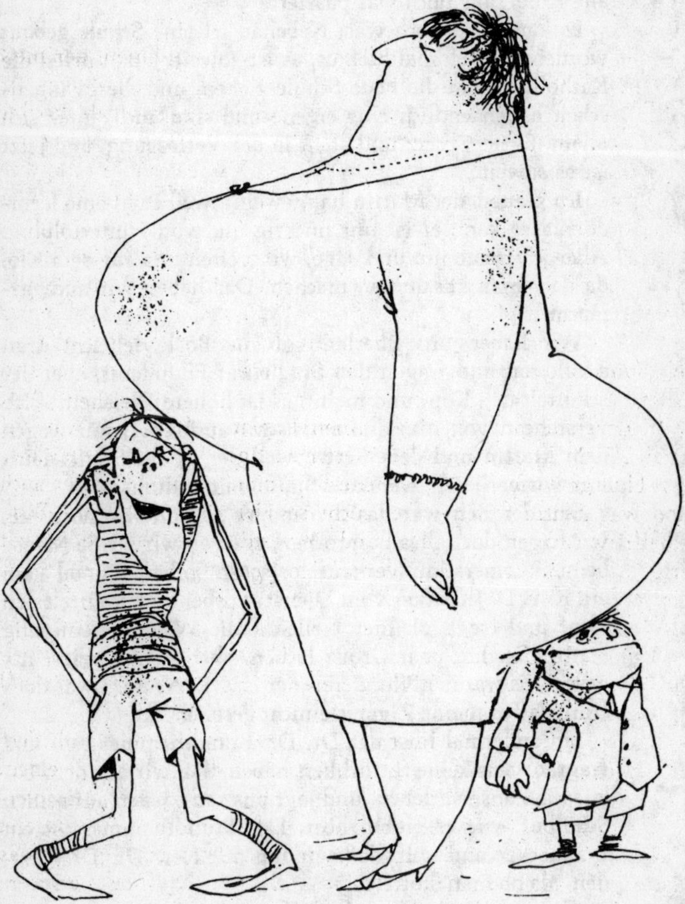

beirat. Die Josefa hat eine andere Klasse bekommen, weil man in Bayern jetzt so etwas nicht mehr sagt.

Ich war froh, daß sie weg war, und der Martin war mein Freund. Ich habe ihm eine neue Geheimschrift verraten, für alle Fälle, falls noch was passiert.

Es kam auch noch was. Nebenan ist eine Schule gebaut worden. Auf einmal hieß es, es ist soweit, jetzt dürfen die Katholischen in die neue Schule ziehen, und die Evangelischen haben endlich eine eigene und sind auch unter sich allein. Es ist Gesetz und steht in der Verfassung, und jetzt ist es soweit.

Ich glaube, der Martin hat geweint, weil er in eine fremde Klasse kam, er ist nur mickrig und von Hintertölping. Aber ich tröste ihn und sage, wir treffen uns auf dem Klo, da darf man zusammen machen. Das haben wir auch gemacht.

Wir haben uns überlegt, ob die Bösl vielleicht dran schuld ist, und fragen den Studienrat Pflunderer, aber der schüttelt den Kopf und meint, es ist höhere Weisheit. – Ich verstehe davon nix, und es ist mir auch egal; nur wegen dem Martin und dem Klaus, weil der in der Staffel läuft und wir verlieren, wenn die Staffel nur katholisch ist.

Seit der Zeit war das Klo immer so voll wie noch nie, wir haben dort alles besprochen, z. B. ob wir weiße Mäuse beim Sommerschlußverkauf loslassen sollen. Einmal kam ein K. v. D. (Knacker vom Dienst) vorbei und schüttelt den Kopf und fragt, ob hier vielleicht die Wiedervereinigung stattfindet. Ein paar Große lachen, aber er hat weiter nix gesagt. Es war der Pflunderer, der ist OK. Aber ich war doch froh, daß er meine Zigarette nicht gesehen hat.

Ein andermal linst der Dr. Dr. Pfundthammer rein und fragt, ob wir keine Sittlichkeit haben, daß wir auf dem Lokus die Pause verleben, und jagt uns raus, jeden auf seinen Schulhof, wie es sich gehört. Der Pfundthammer ist ein Erzknacker und will, daß wir ihn mit Herr Dr. Dr. anreden, als ob man stottert.

Ich fand es prima auf dem Klo.

Auf einmal sind welche gekommen und haben angefangen, eine Mauer zu bauen zwischen dem alten und dem neuen Abort. Da war alles aus.

Eines Tages treffe ich den Martin im Schwimmbad. Wie

ich gerade springen will, sagt er, ob wir nicht die Mauer in die Luft sprengen sollen. Da machte ich gleich einen Bauchklatscher, und unter Wasser fällt mir ein, daß das eventuell die Schau meines Lebens wird. Ich bin fast abgesoffen.

Wir haben gleich damit angefangen und Pulver von Raketen und Knallfröschen, Schwärmern usw. besorgt. Wir wurden ganz arm dabei und haben alles umgetauscht, z. B. Messer, Briefmarken und 2 Karl May. Dann losen wir, von welcher Seite die Wand angebohrt wird. Martin gewinnt, er ruft, das wird eine edle Sprengung, wenn die ganzen alten Backsteine rumfliegen. Vielleicht läßt er noch eine Rakete extra los. Der Sprengstoff kommt in eine Büchse mit 2 Deckeln an jeder Seite, und er kann die Zündschnur besorgen.

Abends klettern wir in den evangelischen Schulhof und kratzen die Mauer an, wenn kein Hausmeister zu sehen ist. Martin hat zu Hause gesagt, er geht zu den Pfadfindern, und Nietnagel braucht bloß zu sagen, er hat was Wichtiges vor. Da freuen sich meine Alten. Sie haben immer Besuch. In dem Film «Das Loch» sieht man, wie eine Mauer durchlöchert wird. Ich muß es dem Martin erklären, er traut sich nicht, den Film zu sehen, weil der Film über 18 ist. Aber ich wette, ich komme in jeden Film. Im Kino sind sie froh, wenn welche kommen. Schiß darf man natürlich keinen haben.

Der Mörtel war noch feucht und die Steine ziemlich bröckelig und innen hohl. Der Stein auf der anderen Seite wurde auch locker gemacht, und man hat nix gesehen, außer ein bißchen Zündschnur.

Am Freitag in der ersten Stunde hat der Martin frei und ich auch. Es ist Chor bei uns, und mich können sie dabei nicht gebrauchen. Ich habe auch was Besseres zu tun. Da wollen wir sprengen, damit es alle hören. Am Freitag um 8.30 Uhr wird gezündet. Ich sage zu Martin, viel Glück, und Uhrenvergleich.

Am Freitag bin ich kurz nach 8 Uhr da. Sie haben am Donnerstag die Mauer auf unserer Seite zu Ende verputzt, und man sieht nicht, daß ein Stein locker ist. An einer Stelle hat der Kunstpauker einen Sankt Georg mit seiner Klasse drauf gemalt, mit einem Drachen am Spieß. Ich gehe auf die Toilette direkt an der Mauer, 2 Meter weg liegt das Pulver innendrin. 3mal klopft einer an die Mauer, und ich rufe OK Boy, 8.20 Uhr.

Plötzlich denk ich, hast du einen Knick in der Optik oder was ist, da kommt der ganze Schulchor raus und baut sich vor der Mauer auf. Der Musiklehrer fuchtelt mit der Stimmgabel. Das kann unmöglich sein, aber da geht der Chef her und der ganze Klub. Es ist auch ein Dekan dabei und noch ein hohes Tier.

Jetzt fällt mir erst wieder ein, daß heute die Mauer mit dem Georg geweiht wird, aber ich kann es dem Martin nicht mehr sagen. Ich habe es vergessen, weil ich nicht im Chor bin. Was wird jetzt bloß.

Was soll schon werden, der Chor legt los, und einer sagt ein Gedicht her; ich glaube, es ist der Anton mit seiner hohen Fistelstimme, sehen tu ich nix mehr, weil ich auf der Brille sitze. Es ist auch besser so, mir ist ganz schlecht geworden, gleich muß es knallen ...

Anton leiert, das Werk, es muß den Meister loben, doch alles Gute kommt von oben. Sechs – fünf – vier – drei – zwei – eins – NULL ...?? Da bleibt der Anton stecken. Gott sei Dank, der Martin hat es gemerkt und nicht gezündet, hoffentlich. Jetzt schwätzt ein Mann und ruft, daß es eine schöne Mauer ist, und wir sollen das Böse in uns und den Teufel bekämpfen wie der heilige St. Georg mit seinem Speer. Wie ich das höre, bin ich glücklich, daß der Martin nicht mehr sprengt, und vielleicht beichte ich alles. Der Mann sagt auch, wie man an dieser Mauer den Wiederaufbau in Bayern erkennen kann.

Da gibt es plötzlich einen Donnerschlag, daß ich ganz lahm werde, ein Splitter knallt an die Abortwand, jemand kreischt, es ist die Josefa, da spritzt noch ein Knallfrosch dazwischen, und man hört den Chor, wie er wegläuft, einer ruft Feuerwehr, es ist ein wildes Towubahohu ...

Da wird mir noch schlechter, und ich denke, ach wäre ich nie geboren. Aber wie selten kommt das vor.

Sie haben mich auf dem Klo entdeckt, aber es war keiner verletzt. Wie mich der Chor sieht, vergessen sie das Maul zuzumachen. Da mußte ich lachen. Der Stein war ein Stück wegexplodiert und eine ganze Masse Putz runtergefallen. Aber die Mauer war ganz.

In meinem Zeugnis stand, er hat das Ansehen der Schule gemindert. Vom Martin habe ich nix gesagt und mußte von der Schule runter. Aber wen juckt das, mich nicht, warum, ich wäre sowieso hängengeblieben, wenn der Martin mir kein Latein mehr machen kann.

Im Petrusblättchen hat aber gestanden, es sind vielleicht doch die Roten gewesen. Sie sind gegen den Wiederaufbau.

SCHLAF SCHNELLER GENOSSE

Wenn es mit mir so weitergeht, dann werde ich mich im Leben noch umgucken und froh sein, wenn ich noch mal die Schulbank drücken darf, sagen alle. Da kann ich nur kurz husten. Wer so quatscht, hat vom harten Alltag auf der Penne keinen Dunst.

Da sitzt euch einer in der Straßenbahn gegenüber und sagt: Ihr habt's gut, vormittags die Lehrer ärgern und nachmittags frei, Schüler müßte man sein...

Was soll man dem sagen? Man sagt ihm folgendes: Wischen Sie sich die Krokodilsträne aus dem Knopfloch, hier ist mein Stundenplan, können Sie lesen? Sechs Stunden vormittags macht 36 Stunden in der Woche, dazu zwei Stunden Sportnachmittag und zwei Stunden Arbeitsgemeinschaft –. Dazu am Tag zwei Stunden Schulaufgaben. Und dann verordnet der Lehrer uns heute einen Vortrag oder morgen ein Theater, macht zwei Stunden, lest ein Buch, macht vier Stunden. Können Sie folgen?

Dazu kommt Kleinarbeit wie Bleistiftspitzen, Radieren, Hefte holen, gibt per Woche eine Stunde dazu. Sechs Wochenstunden Schulweg sind noch nicht eingerechnet, macht zusammen 65 Stunden Berufstätigkeit in der Woche und alles bei diesem Gehalt. Was sagen Sie jetzt?

Ihre Arbeitswoche hat wie viele Tage? Fünf. Also legen wir meine 65 Stunden auf fünf Tage um, sind 13 Stunden pro Arbeitnehmertag – aber kein Streikrecht. Da gibt's nur eins: schneller schlafen.

P.S. Aber die langen Ferien?

Wo gibt's denn noch Ferien? Da bin ich gezwungen, Geld zu machen, warum, weil das erstens besser ist, als brotlose Aufsätze über «mein schönstes Ferienerlebnis» zu schreiben, zweitens weil mein Vater sagt, ich soll zwischendurch mal was Richtiges arbeiten und drittens weil das meinen Lebensstandard ausmacht. Wovon soll ich meine Raten bezahlen? Da müssen Sie mir doch unbedingt recht geben oder nicht?

Na also.

Froh bin ich, wenn alles vorüber ist.

INHALTSVERZEICHNIS

895/4